Nada
como leer
en tu
idioma.

Muerte en el Guaire

Sudaquia
editores

New York, NY.

Muerte en el Guaire

Raquel Rivas Rojas

Sudaquia Editores.
New York, NY.

A las amigas:
Serenella, Patricia, Amarelis,
Marlenis, Eliza.

There is a war between the rich and the poor,

a war between the man and the woman.

There is a war between the ones who say there is a war

and the ones who say there isn't.

Why don't you come on back to the war, that's right, get in it,

why don't you come on back to the war, it's just beginning.

Leonard Cohen

1

Hoy sacaron otro cuerpo del Guaire, querida. Ya van cinco. Éste no estaba tan completo como los anteriores. Dicen que los rescatistas tuvieron que pescar con redes un pie por aquí, un brazo por allá. Pero ¿qué estoy diciendo? No sé por qué te agobio con esos detalles. El caso es que este cuerpo estaba destrozado. A todos los demás los encontraron más o menos intactos, aunque a alguno le faltaba una oreja o un ojo, según dicen. Sabes cómo es la gente. El cuento empieza de lo más comedido y a medida que rueda va creciendo como una bola de nieve. Cuando al final le llega a uno la historia ya no se sabe quién le agregó qué y en qué punto dejó de parecerse a la realidad.

Por suerte yo no sólo escucho los rumores. Aparte de Patricia, que cena aquí en La Factoría unas dos veces por semana, hay unos cuantos colegas que tienen el restaurante como su punto de encuentro. El Enano los enamora con homenajes y recitales, noches de música en vivo y esas cosas que les encantan. Y no sólo vienen los de los medios opositores, los pocos que quedan, digo. Sino que también se dejan caer por ahí las estrellas de los canales que ha comprado el gobierno. ¿Te acuerdas de Oliveros? Claro que te acuerdas. Pues ese es el que más se aparece por aquí, porque dice que le gusta mi pastel de chucho y que no se consigue ninguno mejor en toda Caracas.

Total que entre unos y otros me voy enterando de noticias frescas, casi salidas de la vida misma, antes de que aparezcan en la prensa o en el resto de los medios. Tú sabes que la radio es lo mío, pero la nuestra es una profesión maldita. Es como un virus. Una vez que se te mete adentro no te suelta. Desde que abrimos La Factoría y guardé en un cajón mi profesión original para dedicarme a los fogones, alimento el gusanito de la noticia con las conversaciones de sobremesa. Patty es la que más me cuenta. Ella viene aquí a descargar la furia y la frustración cuando algo se le queda atascado, cuando el jefe le porfía que tal o cual idea para un reportaje no vale ni medio.

Creo que nunca conociste al jefe de Patty. Alexis Rodríguez. Es un tipo malencarado y gruñón.

Daba clases cuando estudiábamos en la escuelita, pero creo que no te tocó, porque era de los que dictaban seminarios optativos sobre periodismo de investigación y a ti no te gustaban esas cosas. Tú preferías pasarte horas encerrada en el laboratorio de fotografía o en el estudio de grabación, mezclando sonidos para aquellos larguísimos documentales sobre los pobres del mundo. Bueno, el punto es que cuando se jubiló el profe aceptó dirigir un periódico que fundaron un grupo de colegas idealistas. Te hemos hablado de ese periódico. Creo que te mostré algunos ejemplares cuando viniste a enterrar a Carla. Seguro no se te ha olvidado, aunque haya pasado ya un tiempo.

Las peleas entre Patty y el profe son a muerte, amiga. Pero después se reconcilian y más tarde o más temprano llegan a un pacto. Así ha pasado con los cadáveres que están sacando del Guaire. Los primeros tres parecían pura casualidad. Siempre están sacando cuerpos del río. Los bomberos y los paramédicos de Defensa Civil te pueden contar miles de historias de ese tipo. Pero Lena le dijo a Patty, desde el principio, que estos cuerpos eran distintos. Para empezar, todos son jóvenes. Todos parecen bien alimentados y, según Lena, tienen cuerpos atléticos y musculosos. Como si se hubieran entrenado para algún deporte o alguna actividad que requiere mucho movimiento y exposición al aire libre.

Cuando apareció el cuarto cuerpo, Patty insistió en vincular los distintos casos. Hasta ese momento sólo se habían publicado notas sueltas. Del tipo, ayer en la tarde el Cuerpo de Bomberos del Distrito Capital localizó y rescató un cadáver en el río Guaire a la altura de Las Mercedes, etcétera, etcétera. Dos párrafos máximo. Cero fotos. Pero, como dicen en las series policiales, más de tres ya no es coincidencia. Hasta habían nombrado ya un fiscal para que se encargara de las averiguaciones y la policía estaba montando un expediente. Cosa rara en este país en el que primero hay que armar un escándalo para que alguna autoridad se anime a hacer algo relacionado con un crimen.

Pero el profe se empeñaba en que no había nada qué buscar allí. Que a cada rato se cae alguien en el río. Que a quién se le ocurre que pueden estar asesinando a la gente en serie. Que no somos gringos. Que aquí a todo el mundo lo matan de manera espontánea o por dinero. Que no hay nadie que necesite andar por ahí matando uno tras otro tras otro a muchachos que tengan algo que ver con nada. Total que en esa guerra han estado hasta esta semana. Pero con este quinto cuerpo algo cambió.

Todos los medios comenzaron a notar que la lista crecía. La historia apareció no sólo en la prensa sino también en la radio y hasta en el noticiero estelar del canal menos vendido que nos queda.

La gota que terminó de llenar el vaso fue el descubrimiento de que los jóvenes no se habían ahogado en el río. Así como lo oyes, querida. Todos y cada uno de esos jóvenes atléticos fueron asesinados antes y luego lanzados al agua. Fue Lena la que dio el pitazo a varios colegas. Pero su participación en todo este asunto es grado 33. Y, claro, como es fácil suponer, los pobres no tuvieron precisamente una muerte rápida. Te ahorro los detalles, pero si están apareciendo partes de cuerpos en lugar de cadáveres enteros, ya te puedes imaginar el resto.

De modo que ahora sí Patricia tiene permiso de lanzarse a investigar el caso. No es que no lo hubiera hecho antes. Tú sabes cómo es ella. Cuando se le mete algo entre ceja y ceja no hay quien la pare. Yo le digo que tiene que relajarse un poco, que tiene que coger pausa. Y ella me dice, bastante pausa voy a tener cuando me muera, Sere, una pausa eterna. Así que no hay modo. Lleva varios días de aquí para allá, conversando con unos y con otros, tratando de descubrir quiénes son los muertos, si hay familiares o amigos que puedan reconocerlos. No ha tenido suerte, la pobre. Más bien parece que no hay modo de entrarle al misterio.

Por eso ha llamado a la caballería pesada y ya está otra vez encompinchada con el Comisario Ferrer, aquel que la ayudó en el caso de la Plaza Altamira. ¿Te acuerdas? Claro que te acuerdas, ¿qué estoy diciendo? El mismísimo Ferrer la está ayudando a buscar pistas y a atar cabos. Porque ahora hay una especie de carrera entre varios periodistas a ver quién llega primero a las verdades, como dice ella. Tú sabes que ella nunca ha creído que la verdad sea una sola. Siempre se trata de verdades, de muchas cosas juntas que se mezclan y construyen al final una historia en la que es posible creer. Me parece estar oyéndola. Es la misma cantaleta de siempre.

Bueno, querida, esta historia no se ha terminado. Mientras sigan apareciendo cuerpos de jóvenes atléticos flotando en la cloaca que tenemos por río, esta historia continuará. Por muchos días, tal vez semanas, estaremos al filo de la madrugada preguntándonos a quién le tocó hoy amanecer varado en una orilla. Y, si no te importa que te amargue la existencia con noticias de esta tierra lejana en la que alguna vez viviste, te seguiré contando. ¿Me dejas?

2

Ahora son seis los cuerpos. Y por primera vez apareció una foto en la prensa que de una vez corrió por las redes como reguero de pólvora. Ya la debes haber visto, si has entrado en estos días a alguna de tus cuentas. Es el primer cuerpo que alguien logra identificar. Un tal Antonio Peralta. Según Patty, le decían Toñito. Lo identificó la madre. ¡Pobrecita! Tú sabes mejor que nadie cómo es eso. Y ahora que uno de los muertos tiene nombre y familia y dolientes, la cosa se ha puesto color de hormiga.

Patty dice que siempre hay dos historias en todo cuento que valga la pena contar. Y así parece que va a ser en este caso. En primer lugar está la historia de los cuerpos anónimos de los que nadie sabe nada, y luego está la historia de Antonio Peralta, mejor conocido como Toñito, que tenía una mamá y una hermana, una novia y una o varias exnovias, una ocupación y algunas pasiones. No se sabe mucho todavía, pero Patricia se las ha arreglado para tener acceso directo a la familia. Natalia le facilitó el contacto con la señora Peralta, a la que nadie le hizo caso cuando andaba como loca buscando a su hijo en todos los hospitales y las cárceles de la ciudad. Así que se fue a la ONG que dirige Natalia y le contó que su hijo andaba desaparecido.

Entonces Natalia hizo lo que siempre hace, tú sabes. Iniciar una búsqueda sistemática, abrir un expediente, mandar solicitudes a los organismos competentes, esas cosas que sólo saben hacer los abogados. Y ella en particular, porque se ha dedicado a eso en cuerpo y alma desde el Caracazo. Y al final, como siempre, terminó buscando a algún periodista amigo que metiera un poco de bulla en los medios. Patricia publicó un par de notas con una foto del muchacho, sin mucha esperanza de que pasara nada. Pero ahora que el cuerpo apareció en el río, las dos historias parecen haber coincidido. Y Patricia tiene una especie de ventaja, porque sabe quién es el último ahogado. Así que en eso anda, a las carreras, tratando de resolver el misterio antes de que alguien le dé un tubazo.

Pero no es fácil, amiga. Hay tres o cuatro colegas más tras la pista de quien sea que esté matando jóvenes por ahí. Se dicen tantas cosas. Y nosotros aquí en La Factoría escuchamos de todo. Se ha estado hablando de los colectivos, esas bandas armadas que el gobierno ha dejado crecer porque y que sirven para apoyar el proceso desde abajo. Dicen que hay varios grupos peleándose por favores o prebendas o territorios no definidos. Cada quien tiene una teoría. Porque aquí vivimos en medio de conspiraciones fabulosas en las que los personajes más insólitos son capaces de las más retorcidas bajezas. Y a nadie le extraña ya nada.

Cuando la imaginación colectiva puede llegar tan lejos, algo podrido nos está carcomiendo las entrañas. No te creas que es una frase que me ha salido así espontánea. Es lo que me dijo el otro día uno de mis más asiduos comensales. Un señor solemne y recatado que viene a almorzar todos los miércoles, porque es el día en que le toca visitar a un cliente por aquí cerca. Me lo dijo con su voz gruesa y su cara arrugada. Que si estamos dispuestos a creer que el gobierno es capaz de toda bajeza, tenemos ya un pie en el otro lado. Eso me dijo. Y yo le pregunté, por supuesto, qué otro lado era ese. Y me dijo, muy sereno él, con una voz como de oráculo, que del lado de allá. Del lado del futuro. Cuando todo lo que estamos viviendo hoy se cuente en los libros de historia.

Me impresionó mucho, Olga querida. Vi el futuro de pronto. Como si me pasara por delante una película. Y entendí que tenía razón. Que esta historia, todas las historias, la de los cuerpos anónimos sacados del Guaire y la del cuerpo concreto, con nombre y apellido, de Antonio Peralta, todas esas historias que hoy nos intrigan y nos atormentan van a formar parte del pasado. Y las verdades que salgan de aquí, todas las verdades, van a empujarnos a entrar en el futuro.

Se lo conté a Patty, tal como te lo estoy contando. Y se me quedó mirando con esa cara suya que es al mismo tiempo un regaño y un agradecimiento. Igualito como me mira cuando le hablo de las cartas astrales, de la mujer que me lee el tarot, de las maravillas de hacer yoga o de los cursos de meditación. Así me miró. Como si le estuviera diciendo algo esotérico. Pero yo lo creo, amiga. Lo creo firmemente. Cuando se sepa quién está detrás de esas muertes vamos a estar un paso más allá. Por eso el gobierno anda atacado y ya están empezando a hacer rodar rumores para confundir a todo el mundo.

Pero, igual que en las películas gringas, aquí están compitiendo los buenos contra los malos. Ya sé que debes estar pensando lo mismo que Patricia cuando le hablo de la alineación de los astros. Porque tú eres tan descreída o más que ella. Pero tenme paciencia, amiga. Acéptame la licencia poética. Digamos que también entre nosotros hay dos bandos. No somos ángeles ni demonios. Tanto así no. Pero convengamos en que hay quienes creen en la posibilidad de descubrir y dar a conocer las verdades. Y hay quienes prefieren que nada se sepa nunca. Porque son ellos los que están detrás de todo.

Concédeme por lo menos eso y déjame que te siga contando. Cuando sea que se sepa algo. Porque en realidad es posible que todo esto se quede de ese tamaño y pasen los días y volvamos a las rutinas que nos mantienen como en vida suspendida, atrapados en el limbo de la supervivencia. Pero si se sabe algo, si al final resulta que logramos enterarnos de alguna cosa, espero que me dejes seguirte contando. Aunque no sea más que para que sientas, allá lejos en medio de tu bruma londinense, una remota incomodidad al enterarte de los dramas que se multiplican en esta tierra en la que una vez viviste, como si no fuera posible que nada se acomodara nunca.

3

Tienes toda la razón, querida. Esta historia no parece nuestra, parece venir de un país extranjero. Parece una historia africana, digo yo. Tú no dirías semejante barbaridad, porque vives en un país civilizado en el que, por simple diplomacia, esas cosas no se dicen. Y es verdad, has estado tanto tiempo afuera que no hay manera de que reconozcas este país en el que estamos viviendo hoy. Es lógico que no entiendas la naturalidad con la que hablamos de las cifras altísimas de muertos que se acumulan en las morgues cada semana. Abaleados, acuchillados, acribillados, ahogados. Todos violentamente muertos. Casi todos muy jóvenes, aunque nadie maneja estadísticas oficiales. Hombres, mujeres y niños. La muerte es lo más democrático que tenemos en este país. Eso y la corrupción generalizada. Pero si empiezo a contarte nuestros males no tengo dónde acabar.

Nos hemos resignado. En eso también tienes razón. Nos acostumbramos a este nivel de violencia, a este sobresalto permanente. Y ese es ahora nuestro estado de normalidad. Pero ¿te has puesto a pensar cuántos jóvenes nacieron aquí en los últimos veinte años? Esos jóvenes son la mayoría en este país. Son esos niños los que manifiestan cada tanto con las manos pintadas de blanco, los mismos que arman barricadas, lanzan bombas molotovs y queman cauchos. Ellos protestan contra este régimen que es lo único que han conocido en su vida. Contra este vivir en medio del terror, la violencia y la muerte. Eso significa que no estamos tan resignados como parece. ¿Te das cuenta?

Por supuesto que no reconoces este país. Porque hace rato que dejó de ser el lugar que conocías. Crecimos en otro mundo, mi querida Olga. Y ese mundo sólo existe ahora en nuestra memoria. Es una bendición que todavía podamos recordarlo. Siempre le digo eso a Patty y ella me responde que no vale la pena vivir para recordar, que la nostalgia es una pesadilla. Pero yo pienso que no se trata de nostalgia. No es que yo quiera volver atrás. Lo que quiero es imaginar un futuro en el que la gente pueda andar por la calle a cualquier hora sin morirse de miedo. Si hay algo de nostalgia en eso, no es una nostalgia por el pasado sino por la vida normal que existe hoy en día en cualquier otra parte del mundo. Lo que yo tengo, amiga, es unas ganas enormes de vivir en paz. Pero aquí. La paz del destierro no es mi salida.

Aún así, es un lujo leer tus cartas en las que me cuentas las rutinas que tienes en la gran ciudad, los paseos por Hyde Park, las caminatas a la orilla del Támesis, las escapadas en bicicleta por los recovecos de Camden Town y el Regent Canal. Todas esas historias que me cuentas se me vuelven sueños de futuro. ¿Te acuerdas de esa escena de Doña Bárbara en la que Santos Luzardo imagina el penacho de humo de un tren que cruza la sabana? Ese símbolo de la voluntad humana que se impone sobre la tierra indómita y sobre todos los resabios del pasado. Para mí, esa es la imagen del futuro. No se trata de una nostalgia sino de una premonición.

No tienes que entender. No tienes que aceptar esto como algo natural. Tú no. Tú tienes que seguir sintiéndote ajena a todo esto. Porque eso es justamente lo que necesitamos de los que se han ido. Que no nos entiendan. Que nos recuerden todo el tiempo que vivimos en el más absoluto caos, en el autoritarismo menos transitable. Necesitamos que ustedes, los que están afuera, nos recuerden que existe un mundo en el que un solo asesinato a la semana es un auténtico escándalo. Un mundo en el que se cuentan los votos uno a uno, a mano y a la vista de todos. Un mundo en el que los policías patrullan las calles sin armas y es materialmente imposible ver un solo soldado en la calle. Necesitamos esa extrañeza permanente. Asombrarnos cada vez de lo ya sabido. Porque uno se olvida, querida. Y la falta de memoria es lo que nos mata.

Por eso te estoy contando esta historia. Para que no me dejes olvidar que esto es un horror. Pero también para que me digas que no entiendes y me obligues a horrorizarme cuando pierda el sentido de lo que es normal. Es el eterno pleito de Patty con su jefe. El hombre se empeña en que un muerto no es noticia en un país como éste. Vieras las furias que agarra la pobre Patty cuando tiene que discutir con el viejo profesor. A veces le gana. Pero la mayoría de las veces es batalla perdida.

Nuestros profesores creían firmemente que había una cosa llamada noticia. La definían en todos los manuales como si se tratara de mangos que crecen en los árboles. Como si no fuera algo que crean los mismos medios todos los días. Y se negaban, y se niegan todavía, a admitir que sólo es noticia lo que ellos deciden que debe ir en la primera o en la última página. Del mismo modo que una novela es lo que una editorial publica bajo el rótulo de novela, aunque sea solamente una colección de relatos, y es poesía todo lo que se publica bajo el nombre de poesía. En fin, amiga, que me voy por las ramas.

Lo que quería contarte es que esta tarde Patricia vino a almorzar y me contó que estaba tratando de reconstruir los últimos días de Toñito Peralta. No ha sido fácil. Parece que su mamá sabía muy poco de lo que el hijo hacía cuando cruzaba la puerta y se iba para la calle. Según ella su hijo era un estudiante aplicado, un muchacho tranquilo y colaborador. Un hijo modelo. Pero si todos fuéramos como nuestras madres nos imaginan no estaríamos como estamos ¿no?. El caso es que Patty no ha querido quedarse con esa imagen santurrona y, por recomendación del Comisario Ferrer, ha estado hablando con sus compañeros de clase, con la novia y con una de las exnovias.

El cuento, como te puedes imaginar, es un poco más complicado. Toñito no sólo era un estudiante de Educación en la Central. Era también militante de un grupo que se hacía llamar Los Maestros. De ahí en adelante las versiones difieren. Depende de a quién le preguntes, te dirán que Los Maestros se dedicaban pacíficamente a atender las necesidades de la comunidad o que eran la fachada de un colectivo armado que se organizó para apoyar el proceso y de paso linchar a los violadores y quitarle el negocio a los traficantes de drogas del sector. Un grupo que, como todos los que han seguido la misma ruta, comenzó organizándose para defender al vecindario y ha terminado armándose hasta los dientes para defenderse de otros grupos similares y hasta de la misma policía.

No sé los detalles completos, pero creo entender, por lo que escuché de una larga conversación entre Patty y un policía llamado Gutiérrez, que estos grupos negociaron en algún momento una especie de pacificación. El gobierno les dio dinero para que entregaran públicamente algunas de sus armas y declararan que se iban a dedicar a hacer trabajos a favor del barrio, a organizar a la gente para hacer cosas concretas. Pintar las fachadas, limpiar las escaleras, adecentar un poco. La idea era que al menos hicieran el paro de que andaban en eso. Como te puedes imaginar, la violencia no pasó de largo tampoco esta vez y parece que comenzaron a crearse grupos rivales entre los que se habían supuestamente pacificado y los que no.

En ese escenario se produjo la muerte de Toñito y quién sabe si también las de los otros cinco jóvenes que ya deben haber enterrado en una fosa común, porque nadie los reclamó. Dicen que una de las frases favoritas del Comisario Ferrer es que aquí hay una guerra entre los que piensan que hay una guerra y los que piensan que no la hay. No sé de quién es la frase original, pero definitivamente nos retrata en cuerpo y alma. Así estamos aquí. Unos pensando que esto es una tragedia de dimensiones descomunales y los otros mirando para otra parte, como si no pasara nada.

Lo que yo me pregunto es, si no se sabe ni dónde empieza ni dónde termina la frontera entre los unos y los otros, ¿cómo vamos a ser capaces de terminar con este estado de cosas? Es una pregunta inútil, retórica, como dice Patricia cuando me pongo a elucubrar. Pero a mí me parece una duda válida. Si queremos vivir en paz, tenemos que empezar a buscar el modo de moderar la violencia ¿no? Pero si estamos metidos hasta el cuello en una guerra de todos contra todos, no hay manera de trazar una línea, que es lo primero que hay que hacer para imaginar la paz. Y no le creas a nadie que te diga que aquí los únicos que se pelean son los que están con el gobierno y los que están con la oposición. Porque esta es una lucha tan apretada que la pelea es a muerte incluso dentro de las mismas trincheras.

En lo que tenga más novedades te las voy contando.

4

La historia de Gutiérrez no la conozco completa. Pero, en efecto, este es un personaje nuevo y tienes razón en pedirme que te lo presente como es debido. Soy una pésima narradora. Tú eres mucho mejor en esto de armar historias y describir personajes. Cuando leo tus cuentos veo todo como en una pantalla, con lujo de detalles. Debe ser porque vives en un mundo ordenado, donde cada cosa pasa como debe ser: primero una causa, luego una consecuencia. Pero aquí, amiga, las cosas pasan a salto de mata, como se dice. Nunca se sabe qué vientos van a traer qué tempestades.

Soy una narradora impaciente y eso hace que las historias que te cuento parezcan fragmentos de cosas rotas. Pero tú me dirás cómo hace uno para contar una historia lineal, ordenadita y llena de detalles significativos, cuando se vive en una ciudad desquiciada como Caracas. Incluso cuando todavía estabas aquí, ésta era ya una ciudad de locos. Imagínate ahora. Ese ritmo alocado se te mete en la sintaxis, en la puntuación y hasta en la ortografía. Y entonces los cuentos te salen rotos. Fragmentos de historias es todo lo que podemos contar, amiga, así que tenme paciencia.

Lo primero que supimos del tal Gutiérrez fue que había estado encargado de levantar al menos tres de los cuerpos que sacaron al principio del río. Según parece, igual que Patricia, se empeñó en investigar la relación entre las víctimas, pensando que esos cuerpos tenían en común demasiadas cosas y que eso los convertía en una cadena, digamos, en una lista con denominadores comunes o como se diga. Pero en este país hasta decir que alguien es una víctima es un asunto peligroso. Las autoridades se negaban a reconocer que los muertos eran algo más que muertos solos y sueltos. Se negaban a aceptar que había alguna relación en el modo en que habían terminado sus días en el Guaire.

Hasta que Gutiérrez le pidió ayuda a Lena y comenzó a poner los informes forenses de todos los cuerpos uno al lado del otro. Parece que Lena lo conoce desde hace tiempo, que se toman un trago de vez en cuando. No sé exactamente cómo ni por qué comenzó esa relación. Habrá que preguntar. El caso es que fue Lena la que le recomendó a Patty que se viera con él y escuchara su versión de la historia. Ya se han reunido un par de veces. Sólo una vez vinieron a La Factoría. Fue la primera vez que hablaron y pude ver al hombre con detenimiento. No parece un mal tipo. Pero yo le tengo ojeriza a los policías. No de ahora. Como sabes. Sino de toda la vida.

Los policías en este país son una escoria. Perdóname, pero no hay otra manera de decirlo. Como son una escoria los militares y todo bicho de uña que vista uniforme y ande por la vida armado, dando o recibiendo órdenes sin chistar. Te parecerá un horror que yo diga esto, pero no conozco una sola persona en este país que piense bien de la policía. Con decirte que la gente prefiere a los malandros. Por lo menos con algunos se puede razonar, hay un punto de solidaridad en ellos al que se puede apelar. Con la policía, ni de vaina. Pero este tipo no parece mala gente. Y hay que admitir que si alguien es por naturaleza buena gente, no importa lo que haga, al final va a funcionar como un ser humano decente. Además, si Lena lo recomienda, hay que darle por lo menos el beneficio de la duda.

Patricia me dijo que Gutiérrez le había dado buena espina y que podía hasta terminar ayudándola a resolver el misterio. Yo empecé a echarle broma y a decirle Dr. Watson. Y ella me respondió, muy seria, que si había un Sherlock Holmes en esta historia, tenía que ser el Comisario Ferrer. Quien, por cierto, está cada vez más enganchado en el caso. Fue Ferrer el que agarró las dos o tres ideas que Patricia tenía sobre lo que estaba pasando y puso orden en el despelote para encaminar la investigación. Si es que aquí hay un caso, Ferrer va a ser el que va a resolverlo.

Presentado el personaje nuevo, retomo el hilo por donde puedo, porque esta es una madeja de muchas puntas y la mayoría de ellas se me escapa. Creo que te había contado que Ferrer le recomendó a Patty que tratara de enterarse de todos los detalles posibles de la vida de Toñito. Y con esa idea nuestra amiga se fue a buscar a alguien en la escuela de Educación que le contara cómo, cuándo, por qué. Esas cosas básicas que se supone que uno debe saber si quiere desentrañar un misterio.

Y aquí es donde aparece nuestro amigo Luna, a quien queremos tanto. Tú sabes que Luna no es santo de mi devoción. Para empezar, a cuenta de qué hemos aceptado llamarlo por un apellido que se parece tan poco al personaje. Nunca nadie ha podido responderme esa pregunta. Pero estoy segura de que fue el mismo Luna el que decidió que él no se llamaba Adolfo, Alfredo, Alejandro o como sea que sea su nombre de pila. El punto es que logró crearse una identidad distinta con sólo exigir que lo llamaran Luna. Nadie se acuerda ya de su nombre verdadero y eso es de lo más sospechoso, ¿no te parece?

Me voy otra vez por las ramas, querida. El hecho de que Luna nunca me haya terminado de caer bien no quita que el tipo es solidario hasta los tuétanos y con Patricia siempre ha sido clase aparte. Sobre todo desde que tú te fuiste y lo dejaste cargando solo con una tarea inhumana, eterna. La tarea de recordar a Guillermo y lamentar su muerte. La tarea de seguir llorándolo y sintiéndose culpable para siempre jamás. Tal vez por eso Luna ha volcado todo su afecto de redentor obsoleto sobre Patty y le perdona todo. Hasta le perdona que se desaparezca por meses y sólo vuelva a buscarlo cuando lo necesita.

No es un chisme, de verdad. Te cuento todo esto porque la misma Patty me lo ha dicho cuando le entra a ella también la culpa de no estar a la altura de algunas de sus más viejas amistades. Es verdad que ella no formaba parte del grupo que vivió en el Barrio Chino. Patty es apenas un par de años menor que nosotras, pero esos dos años escasos la separaron de nuestras aventuras más legendarias. Ella vino después, con ánimo de conocer y contar más adelante el cuento. Y por ahí se fue metiendo en el grupo de una forma, como se dice, vicaria. Vivió la experiencia como el escudero que escucha los relatos de la guerra que acaba de terminar, a la luz de las hogueras de los que recorren el campo de batalla para enterrar a los muertos.

Pero cada vez que necesita algo, Luna está ahí para echarle una mano. No sé muy bien cómo hacen para encontrarse. Luna no tiene celular y nunca se sabe dónde se está quedando, dónde come, con quién duerme. Nadie sabe si sigue viviendo dentro de la ciudad universitaria o si por fin decidió buscar un hueco más decente donde instalarse con sus tres o cuatro bártulos. Lo cierto es que ellos terminan encontrándose cada vez que es necesario, como esos personajes de Cortázar que se tropezaban fatalmente en los puentes de París sin ponerse de acuerdo. Y esta vez no fue diferente.

Patty me contó que la saludó con el mismo abrazo apretado de siempre. Que le contó una vez más las historias que ya sabemos. Que le habló de las leyendas urbanas que circulan por la ciudad universitaria. Aquel cuento de las armas escondidas en algún punto de Tierra de Nadie que siempre cuenta cuando necesita sentirse parte de una historia más grande. La famosa frase que alguna vez dijo Zapata, Sandino, Farabundo Martí o quién sabe quién. Aquella de que entierren los fusiles donde puedan volver a encontrarlos. Esas historias de revoluciones perdidas que tanto le gustan. Patricia sufrió todo el deja vu como quien oye llover, digo yo.

Porque fue a la Central a hablar con la muchacha que Luna había logrado contactar. Una muchacha que conocía a Toñito, que había estudiado con él o que vivía en el mismo barrio. Al principio Patricia no tenía muy claro el vínculo entre los dos. El caso es que se conocían y Luna logró dar con ella de carambola, preguntando por aquí y por allá. Cuando por fin Luna la llevó a conocer a la muchacha, Patty le mostró algunas fotos, le hizo todas las preguntas que pudo y sacó varias cosas en claro. La muchacha confirmó toda la historia del grupo que llaman Los Maestros. Les dio algunos detalles espeluznantes. Habló de secuestros, de linchamientos, de sicariatos. Una larga lista horrible.

La otra cosa que sacaron en claro, y esto a mí me parece mucho más interesante, es que la muchacha tuvo alguna vez algo que ver con Toñito. Parece que eso no era lo que la tal Mariela quería contar, pero terminó hablando de sus amores con el difunto, porque a fin de cuentas nadie es de hierro y si empujas un poquito todo el mundo termina echándote el cuento que se supone que no te debe contar.

Por eso es que se dice que aquí no hay manera de imaginar un misterio. La pregunta clásica de todo policial, esa pregunta que parece el título de una novela de Vargas Llosa —¿Quién mató a Antonio Peralta?— es una pregunta ociosa entre nosotros. Porque todo el mundo más tarde o más temprano va a saber quién lo hizo. Aquí no hay que devanarse los sesos con ese tipo de dilemas. Basta con encontrar a alguien que quiera hablar. Y con demasiada frecuencia quien quiere hablar es el mismo que cometió el crimen. Somos tan habladores, tan echones, tan retorcidamente exhibicionistas, que la confesión espontánea echa a perder todo el suspenso.

¿Por qué te digo todo esto? Porque tengo la impresión de que esta historia no va a llegar demasiado lejos y cuando menos lo esperen la respuesta les va a caer encima. Me refiero a Patricia y a Gutiérrez y al Comisario Ferrer. Incluso a Lena. Todos afanados buscando la salida de un intrincado laberinto. Izquierda, derecha, izquierda. Hasta que descubran que un poco más allá, sin nada que la esconda o la disimule siquiera un poco, hay una ancha vereda recta que lleva a la salida. No hay laberinto, amiga, sólo gente perdida en recovecos inútiles, sin necesidad.

5

Sí, la muchacha se llama Mariela. Aunque yo la bauticé Marisela desde el principio. Porque si esta es una historia en la que hay una damisela en apuros, ella tiene que llamarse Marisela, ¿no te parece? Vuelvo para atrás, tal como me pides. Porque es verdad que dejé el cuento en el aire. Otra vez mi impaciencia, que no me deja detenerme en los puntos cruciales. Pero algo de trabajo hay que dejarle a la lectora, ¿no? Tienes que ayudarme un poco con esto de rellenar las esquinas y atar los cabos sueltos. No tengo que hacer yo sola todo el trabajo, ¿o sí?

La tal Mariela, nuestra indefensa Marisela, parece que estaba muy asustada. Ni Patty ni Luna saben muy bien por qué. Pero como uno tiende a creer que sabe lo que está pasando, termina imaginándose la situación como si fuera uno quien la estuviera viviendo. Así que nos imaginamos que la muchacha estaba asustada porque sabía más de la cuenta y podía identificar a muchos de los miembros del grupo, algunos de los cuales podían estar entre los cuerpos que han encontrado flotando en el Guaire. Total que después de contar sus amores con Toñito la muchacha se desgajó en llanto y pidió que por favorcito la ayudaran, que ella se tenía que esconder por un tiempo.

Luna se ofreció, por supuesto, a buscarle un sitio seguro. Sabes cómo es nuestro redentor frustrado. Si hay que salvar a alguien, ahí está él con la solución a mano. Porque se mueve como pez en el agua en el mundo de los que andan de incógnito por la razón que sea. Como bien sabes, él mismo estuvo viviendo bajo los radares por mucho tiempo, al menos después de la muerte de Guillermo. Aunque yo sospecho que antes de que lo conociéramos también vivía escondido. Luna es de esos tipos de los que jamás se logra armar el cuento entero. En fin, que le ofreció a la niña en apuros un escondite. Y allá la tiene. Hasta nuevo aviso.

Mientras tanto, como se dice en los cuentos bien contados, nuestra amiga sigue dándose golpes contra las paredes del laberinto. Ferrer dice que lo que pasa es que no han logrado dar con el hilo conductor. Gutiérrez dice que qué hilo ni qué ocho cuartos, que lo que hay que hacer es buscar la cabeza que hay que cortar. Su teoría es la que me parece más clara. Se la oí a él mismo aquí en La Factoría, ayer en la tarde. Me senté a acompañarlo mientras se tomaba el café y le pregunté qué pensaba de todo el asunto.

Alguien muy gordo está tratando de ocupar territorio, me dijo. ¿Como así?, le pregunté. Alguien que ha estado trabajando en las sombras para volverse cada vez más fuerte está sacando las garras y mostrando por fin todo el poder que ha acumulado. Aquello me sonó a profecía, a sentencia del destino. A una de esas frases lapidarias que dice una voz en off en el momento más oscuro del relato. Y por supuesto solté una carcajada.

Gutiérrez me miró sonriendo apenas. Vamos a reirnos ahora, me dijo tomándose el último sorbo de café, mientras todavía podemos hacer chistes sobre todo lo que nos pasa. Más adelante, dijo, ni ese consuelo nos va a quedar. Y se levantó y me dejó ahí sola y aterrada, esperando ese futuro horroroso en el que ni siquiera vamos a poder reirnos de nosotros mismos.

6

Me vas a disculpar que haga aquí un paréntesis, querida. Pero esto te lo tengo que contar aunque no tenga nada que ver con los cadáveres del Guaire. Nuestra historia central tiene pocos personajes principales y a veces pasan días sin que se sepa en qué andan. Los personajes secundarios son tantos que he preferido no incluirlos. Pero me vas a permitir que me distraiga ahorita con una trama secundaria. Como si te contara un chisme en la pausa de una conversación sobre otra cosa. Porque a veces hasta los narradores impacientes como yo sentimos la necesidad de dar un rodeo.

Resulta que anoche tuvimos una trifulca de espanto y brinco aquí en La Factoría. Tú sabes que desde que abrimos El Enano ha estado muy claro en eso de no tomar partido. Aquí son bienvenidos Tirios y Troyanos, Montescos y Capuletos, Monsalves y Barraganes, azules, rojos y amarillos. Lo que tratamos es de que cada quien esté en lo suyo. Que entren, coman, beban y después se vayan en santa paz. Y hemos logrado mantener el equilibrio, a veces gracias a alguna intervención afortunada de Hipólito, que los conoce a todos y a los que no conoce los reconoce de lejos. A veces gracias a que El Enano tiene ese don de gentes que hace que nadie le diga esta boca es mía. Total que así se mantuvo la cosa hasta ayer.

Por pura casualidad, El Enano tuvo que viajar a Barquisimeto. Ese fue el primer tema. Luego resultó que yo acepté la reservación de una mesa para la gente de un ministerio que ve tú a saber cómo se llama, ahora que le han cambiado el nombre a todo, sin darme cuenta de que El Enano ya había reservado una mesa para seis de un grupo de la oposición que venía a celebrar el cumpleaños de alguno que estaba con ánimo de armar bochinche. Cuando Hipólito me mostró las reservaciones del día y vi lo que nos esperaba, me armé de paciencia y me preparé para lo peor. ¿Qué más podía hacer?

Primero llegaron los de la oposición y se sentaron de lo más comedidos. Pidieron comida y eso me tranquilizó, porque si empiezan bebiendo la cosa siempre se complica. Cuando llegaron los del gobierno, la otra mesa ya estaba en los postres. Hipólito les ofreció el menú y les recomendó los platos del día, hablándoles de los detalles de la preparación, de los sabores y de los contornos, como yo le he enseñado que debe hacer un mesonero que se respete. Todo esto para que no se lanzaran a tomar con los estómagos vacíos. Pero una mujerona de lo más plantada, que parecía la que comandaba el grupo, cortó en seco el discurso de Hipólito y pidió una botella de quince años para empezar.

No exagero si te digo que respiré hondo y me entró un susto que me paró los pelos de la nuca cuando Hipólito me contó lo de la botella de whisky. Me apuré en preparar pasapalos de distinto tipo para ofrecerlos por cuenta de la casa, junto con la bebida, para evitar que se emborrachara todo el mundo. Yo misma salí a presentar los canapés, las empanaditas de cazón, las cachapitas con queso de mano y de paso le di una buena mirada a los comensales de lado y lado. Debo decir que en el momento me pareció que todo se desarrollaba de una manera bastante civilizada.

La mesa de los de la oposición estaba en la esquina más alejada de la puerta y conversaban animadamente sin hacerle mucho caso al resto. Los del gobierno estaban en el otro extremo y se veían entretenidos con sus propias historias. Tres mesas de cuatro separaban a los dos grupos y eso me pareció más que suficiente. Así que regresé a la cocina un poco menos preocupada. Me afané a armar los platos que finalmente pidieron después de que la primera botella se esfumó. El ruido que me llegaba de afuera no indicaba nada de particular. Ruido normal de gente comiendo, acompañado de la música brasilera, suave y relajante que habíamos puesto a propósito.

No supe en qué momento se acabó la paz. Pero cuando ya estaba despachando los postres escuché un grito o dos y el ruido inconfundible de botellas y vasos cayendo al piso. Corrí secándome las manos en el delantal y llegué a tiempo para ver cómo se estrellaba un plato contra la pared en la que están las caricaturas que Zapata le regaló a mi papá hace siglos. No me pude parar a revisar los daños. La escena que veía frente a mí era lo más parecido a una trifulca de niños malcriados que te puedes imaginar.

Unos se echaban a la cara las bebidas, otros se lanzaban emplastos de puré de auyama, los de más allá manoteaban sin llegar a golpearse, algunas mujeres se jalaban las greñas. Volaban por el aire servilletas, cubiertos y vasos. Todos gritaban o, más bien, chillaban como loros sueltos. Era el más absoluto desastre. Y aunque esto sucedía a una velocidad alocada, yo lo veía como en cámara lenta o así lo recuerdo mientras te lo cuento. Hasta que sonó un ruido que pocas veces había escuchado de cerca. Un tiro. Uno solo.

Cuando miré para ver de dónde había venido aquel sonido que paralizó a todo el mundo la vi a ella. Era la mujerona que había pedido la primera botella. Estaba enfundada en un traje de dos piezas, oscuro, tal vez vino tinto. Sabes que mi memoria es daltónica y nunca confío en el modo como recuerdo los colores. Tenía una camisa floreada que apenas se veía dentro de la chaqueta seguramente cortada a la medida. En la mano que mantenía todavía en alto tenía una pistolita que parecía de juguete. Del techo caía una lluvia menuda de pintura y cemento.

Aquí estoy mirando el agujero que dejó la bala. Todavía tengo un nudo apretado en la garganta porque el susto no se me ha pasado, aunque ya limpiamos y recogimos y parece como si nada hubiera pasado. Fue como si apagaran una máquina infernal que se hubiera echado a andar sola. Después del disparo que hizo aquella mujer, todos se callaron y comenzaron a acomodarse los trajes ajados y los pelos despeinados. Recogieron las sillas y las mesas y uno que otro vaso que había sobrevivido intacto. La mujer parecía dirigir los movimientos de los demás a punta de miradas sombrías y sonrisas de medio lado.

Los primeros en salir fueron los de la oposición. Tengo que decir que se portaron bien, a pesar de todo. Hipólito les llevó la cuenta sin que la pidieran. Pagaron y se fueron. Por supuesto que alguno dijo la impertinencia correspondiente antes de salir, como quien no quiere la cosa. Algo como este lugar ya huele mal o vámonos antes de que empiecen a cantar rancheras. Qué sé yo, una de esas frases para salvar la honrilla. Nadie hizo caso, por suerte. Y los del gobierno siguieron bebiendo, por lo menos una hora más, hasta que a ellos también les tocó recibir la cuenta.

Pagaron bajo protesta. Hubieran podido quedarse hasta hoy. Te lo juro. Pero la mujer de la pistola sacó un fajo de billetes, pagó en efectivo, dejó una propina enorme y se llevó a su gente a terminar la fiesta en otra parte. Antes de que saliera el último de los comensales, la mujer se me acercó, me dio una mano firme y me dijo que le debía una. ¿Te imaginas? Apenas me alcanzó la voz para preguntar a quién le debía el honor. Me llamo Celia, me dijo, como la cantante. Celia Salas. Y ya en la puerta se dio media vuelta para aclararme, con una sonrisa de oreja a oreja, que le decían La Mapanare. Siempre a la orden, cocinera.

Así se despidió. Todavía escucho su risa. Y los vidrios rotos y el tiro. Sobre todo el tiro que dejó este agujero que tengo encima de la mesa mientras te escribo. Ni me preguntes sobre qué discutieron, cuál fue el motivo del pleito. Aquí vivimos así, querida. Peleando por todo y por nada. No hace falta ninguna excusa para guindarnos por los pelos. Vivimos sobre un polvorín. Y no creo que se repita muy seguido que una sola persona, con un solo gesto, logre desatar la paz como quien echa un balde de agua fría. Ya no quedan caudillos como ella. O quedan pocos y actúan en la sombra.

Tengo la clara impresión de que no es la última vez que voy a escuchar hablar de Celia Salas, alias La Mapanare.

7

Siempre que se habla de sustos en esta ciudad, alguien te sale con un cuento más truculento que el que acabas de echar. No hay manera de ganar cuando se trata de contar historias espeluznantes, porque aquí el que menos tiene que contar habla de un atraco a mano armada. Pero lo más común son los secuestros. Siempre hay alguien que conoce a alguien que acaban de secuestrar. Si la historia termina bien, sueltan a la víctima en medio de una carretera perdida en la montaña, sin zapatos y sin ropa. No te tengo que decir cómo terminan las historias que no terminan bien.

Pero no, esta historia no se ha terminado todavía y mi impaciencia no llega tan lejos como para empezar a predecir, a estas alturas, cómo va a acabar todo esto. Sólo estamos a mitad de camino o tal vez no hemos llegado todavía al centro de la historia, ese momento en el que se cruza un recodo y estamos ya del otro lado, como me dijo aquel señor la otra vez. No siento que estamos ya de ese otro lado. Lo que estamos en como en el medio de la más absoluta oscuridad. Y a partir de aquí, digo yo, no queda otra que empezar a ver la luz al final del túnel.

En todo caso, ya no hay vuelta atrás. Nos toca echar para adelante, arriar las cabras monte arriba. Que los espantos vienen detrás. Porque ya sacaron el séptimo muerto del Guaire y ese número tiene una especie de resonancia cósmica. Los siete pecados capitales, los siete sacramentos, los siete locos, los siete reinos, los siete sellos del apocalipsis, los siete magníficos, los siete enanitos... ¡qué sé yo! Toda la historia de la humanidad está llena de siete cosas, animales o seres conjurados para formar un todo. Por eso digo que hemos llegado al punto en el que alguna figura discernible se debe terminar de armar tarde o temprano.

Se lo dije a Patricia esta mañana. Pero no estaba con ánimo de escuchar mis teorías. Porque este séptimo cuerpo es también un personaje conocido. Entre las fotos que la mamá de Toñito le dio a Patricia, al principio de esta historia, cuando el hijo de la señora Peralta era todavía un joven que tenía tres días sin aparecerse por su casa, estaba la foto de Toñito con un hombre que nadie había podido identificar. Hasta que Patricia se empeñó en subir al cerro en el que vivía la familia Peralta a ver con sus propios ojos dónde había empezado todo.

Por eso hablaba de los sustos y los miedos. Para nosotras que somos criaturas del este de la ciudad, nacidas y criadas en urbanizaciones de clase media, subir un cerro es siempre una historia de terror. En las historias que nos contamos están impresos los prejuicios que somos incapaces de superar. Y la idea del barrio como lugar impenetrable revela nuestro prejuicio más arraigado. Por eso todos le recomendamos a Patricia que mandara al motorizado del periódico a averiguar lo que quería saber. A fin de cuentas para eso está y es un trabajo que hace con gusto. Pero en vez de hacer caso, tomó la idea al revés y le pidió a Corito que la acompañara. Y en vez de mandarlo solo, se fue a subir el cerro con él.

Coromoto se llama el motorizado. Por aquí ha venido un par de veces. Casco blanco en el codo, panza incipiente, rechoncho y reilón. Una cara redonda como un plato hondo. Y un acento provinciano que a veces disimula, pero casi siempre se le sale, aunque tiene la vida entera viviendo aquí. Su mamá es de oriente, me ha contado Patricia. Y esos acentos pegajosos se transmiten con la leche materna. Hace su trabajo con eficiencia y gusto. Le encanta ir y venir, llevar y traer. Está en todo. No dice nunca que no. Vive encima de la moto como si la máquina fuera una extensión de su propio cuerpo. Cuando se baja y tiene que dar los primeros pasos sobre el cemento o el asfalto, le cuesta adaptarse. Las dos veces que lo he visto entrar a La Factoría me ha parecido que cojeaba o trastabillaba. Como si le faltara algo en qué apoyarse.

Patricia dice que ninguna empresa podría funcionar en esta ciudad sin un par de motorizados bien curtidos. Incluso ahora que casi todo se resuelve por vías electrónicas. Porque siempre hay un documento que firmar, un papel que recoger. Aquí vivimos todavía con un pie en el mundo de los papeles impresos. Y mientras así sea, los motorizados van a ser el vínculo entre unos lados y otros, en una ciudad que vive atascada en el tráfico por lo menos ocho horas al día. Desde el 2002 yo tengo una teoría sobre los motorizados. Como seguramente recuerdas, yo estuve en aquella manifestación que llegó a Miraflores exigiendo que el presidente renunciara.

Fue una locura, es verdad. Pero por un momento pareció dar resultado y todos nos encandilamos con la idea facilona de que un gobierno se podía tumbar a punta de gritos y pancartas. Lo que pasó después no viene al caso. El asunto es que yo estuve ahí de parrillera en una moto. En lo que supe que la gente que estaba manifestando en el Cubo Negro había arrancado a caminar hacia el centro le pedí a Juancho que me llevara. ¿Te acuerdas de Juancho, el fotógrafo? No sé si sabes que ahora trabaja en el mismo periódico en el que está Patricia.

Bueno, para allá nos fuimos Juancho y yo. Cada uno con su cámara, porque queríamos registrar todo lo que pasara. No sé cuántas fotos tomamos. Pero cuando las veo hoy me doy cuenta de la cantidad de motorizados que había ese día. Y de ahí salió mi teoría sobre los motorizados. Mientras estábamos entre ellos nos sentíamos todos parte de una misma masa que se movía como los cardúmenes de peces, como las bandadas de pájaros. Un sólo organismo sincronizado. Y esa estructura, ese vínculo de los unos con los otros, estaba más allá de las afiliaciones políticas, de los propósitos individuales. Era la multitud. Un bicho en singular.

Me acuerdo como si fuera ayer. Cada vez que fijaba la vista en un motorizado específico, o en una pareja sobre una moto, me daba cuenta de que esos dos individuos que estaban ahí podían muy bien ser partidarios del mismo gobierno que estábamos tratando de tumbar con consignas y franelas blancas. Pero en ese momento estaban integrados a una multitud que avanzaba y algo superior a su propia voluntad los empujaba a moverse con todos los demás, hacia adelante, cada vez más allá. Hasta que empezaron los tiros y cayeron los primeros muertos y todo se volvió un caos.

Pero antes del caos. Antes de la desbandada. Los motorizados eran un solo cuerpo múltiple. Como lo fueron en el Caracazo. Una fuerza efectiva y pragmática, para la que no hay un lado y otro lado. Sólo el espacio fluido del estar juntos cuando hace falta y de desbandarse cuando no se puede hacer más. Y así funcionan cuando sirven al gobierno, pero también cuando apoyan a la oposición. Y mi teoría es ésta: son siempre los mismos. Si sacas a los fanáticos de lado y lado, la masa de motorizados que hay en un mitin del gobierno es la misma masa que encuentras en una manifestación de la oposición. Si los ves como un solo organismo vivo, son el mismo bicho. ¡No hay diferencia!

Y Corito es uno de ellos. De los que se mueven en medio de ese cuerpo múltiple como pez en el agua. Sin elegir bandos y sin tomarse las trincheras demasiado en serio. Por eso es él quien se encarga de la logística cuando en el periódico se antojan de subir un cerro. No era la primera vez. Discúlpame si suena algo cínico todo el asunto, pero los grandes medios en este país, y los periódicos en particular, utilizan en ese punto la misma estrategia que usa cualquier otro medio del mundo. Para ellos la pobreza es un espectáculo al que se aproximan como el antropólogo que observa una tribu perdida en el Amazonas o el biólogo que se maravilla con la especie en peligro de extinción que, sin embargo, se las arregla para sobrevivir en un ambiente hostil, contra toda esperanza.

Los medios nuestros se empeñan en mantener esa fórmula, porque son incapaces de reconocer que nuestra pobreza generalizada está muy lejos de ser la marginalidad puntual del primer mundo. Aquí ya todos somos esa especie en extinción que lucha por la supervivencia en uno de los ambientes más hostiles que imaginarse pueda. Todos somos esa tribu perdida en medio de la selva. Y la ilusión de que unos estamos menos perdidos que otros no es más que consuelo de tontos.

Sólo sé lo que Patricia me contó cuando bajó del cerro. La verdad es que ni siquiera retuve el nombre del lugar. Escaleras interminables, ranchos de ladrillos rojos sin frisar, techos de latón. Te puedes imaginar el escenario. Una que otra sorpresa en el camino. Como una quinta con balcones y terrazas, pintada de impecable blanco, con techo de auténticas tejas de arcilla, frente a un descampado que hace de plaza. Esas cosas típicas de nuestras mescolanzas sudamericanas. Nada más. Ni un sólo incidente memorable. Nadie la miró feo. Nadie le gritó oligarcas temblad. No le arrancaron la cartera ni la empujaron escaleras abajo.

Cuando alguien cruza una frontera y viaja al otro lado, uno espera cuentos fabulosos de gente rara que no se comporta igual a uno. El que regresa de esas incursiones a lo desconocido debe traer noticias asombrosas, cuentos espectaculares destinados a ser repetidos una y otra vez por generaciones. Porque ir al otro lado no es sólo un acto de valentía y una temeridad, sino también una forma de aventura que tiende a convertirse en relato. Pero ¿qué pasa si al cruzar la frontera imaginaria nos encontramos con gente exacta a nosotros mismos? Esa es la pregunta. La respuesta es que no hay mucho que contar. La aventura se desinfla y se vuelve vida cotidiana.

Y eso fue lo que pasó en este caso. Lo único memorable fue la conversación con la madre de Toñito. Porque, a fin de cuentas, éste es un caso como tantos otros. Hay un joven muerto y una madre que lo llora. Que haya que subir un cerro para hablar con esa madre es sólo un detalle anecdótico. Y la señora Peralta es una mujer como todas las mujeres nuestras. De una sola pieza. Entera. Eso dice Patty con total convicción. Una mujer que en medio del luto y apenas a unos días de haber enterrado a su hijo, sigue exigiendo justicia, buscando el modo de encontrar la verdad de lo que pasó. Sigue apuntando su dedo acusador. Sin miedo. Dispuesta incluso a ir a reconocer al amigo de su hijo, que está ahora en la morgue, aunque nadie más se atreva a decir en voz alta su nombre y su apellido.

El tipo se llama Carlos Ramírez. Me imagino que te haces cargo de la ironía del asunto, ¿no? Le decían Charly. Y también le decían El Topo. No me preguntes por qué en este país la gente necesita tantos nombres y sobrenombres. Supongo que lo llamaban Charly cuando andaba de maestro, enseñando a reciclar las botellas y las latas que recolectaban para una cooperativa ecológica que habían fundado en el barrio. Y lo llamaban El Topo cuando caía la noche y salía armado hasta los dientes a cometer quién sabe qué barbaridades. Ese es el último cuerpo que sacaron del río.

Te estoy mandando anexa la foto en la que aparecen los dos. No hay que dejarse llevar por las apariencias, es verdad, pero como puedes ver, el tal

Charly tiene más bien cara de pocos amigos. Sus ojos miran de costado, como si cultivaran una sospecha. Mientras Toñito tiene esa mirada directa y franca de los que todavía confían en el futuro, de los que no tienen nada que esconder o al menos no se preocupan porque les descubran uno que otro pecadillo venial. Esas dos caras juntas son un retrato tan elocuente de lo que somos que asusta. La sospecha y la confianza dándose un abrazo. Eso es lo que somos, amiga.

El tal Charly estudió con Toñito desde primaria. Eran de esos amigos que se encuentran y se desencuentran a lo largo de toda la vida. Habían compartido trabajos y novias, equipos de fútbol y escapadas de playa. Se habían peleado y se habían reconciliado miles de veces. Según la señora Peralta, en los últimos tiempos eran amigos. Uña y carne. Por eso están en esa foto, que es de las más recientes que existen de los dos. Dos jóvenes que sin haber cumplido los 25 años ya son cadáveres.

Patricia bajó del cerro con la convicción de que estas muertes están vinculadas a esos grupos que de día son legales y de noche no tanto. Paréntesis: eso del día y la noche es una licencia poética, por supuesto. Aquí los hechos de sangre pueden suceder a cualquier hora del día. Cierro el paréntesis. Pero la recomendación del Comisario Ferrer era que tratara de enterarse de todos los detalles personales de la vida de Peralta y que no se lanzara a especular hasta que no supiera quién era realmente el difunto, qué hacía además de estudiar, cuáles eran sus amistades y sus intereses, etcétera. Como en las películas, pues. Así que a Patty le queda algo de trabajo por hacer todavía.

El paso siguiente será conversar con la persona que, aparte de El Topo y de la madre, conocía a Toñito mejor que nadie. La novia. Por suerte la muchacha trabaja en una peluquería en Parque Central y no va a ser necesario subir otro cerro. No sería ninguna sorpresa, sin embargo, que en cualquier pasillo de Parque Central, o en uno de esos sótanos siniestros, le arranquen a nuestra amiga la cartera o le pase algo peor. Aquí ya no hay lugar seguro. Pero uno se tranquiliza pensando que por lo menos hay ascensores, pasillos, luz eléctrica casi siempre, vigilantes privados. Aunque, como bien sabes por amarga experiencia propia, tampoco en eso se puede confiar.

8

La relación de Toñito con su novia resultó ser todo un drama. Hay que ver lo difícil que es que una pareja se mantenga en este mundo y esos dos han estado de amores, como dicen, por cinco años. Por encima de la media, creo yo. Según le dijo la novia a Patty, Toñito había terminado con ella varias veces. Parece que había otra. ¿Cuándo no? Ella no sabía quién era la otra muchacha ni si era una sola o más bien varias. Sólo había escuchado rumores. Dijo que cada vez que se habían separado ella lo había convencido para que volviera. Pensaba que ahora sí se había enseriado y tenían planes de matrimonio con todo y cura, velo y corona. ¿Será por eso que tenía esa cara de felicidad en las últimas fotos?

Patty dice que la novia le pareció una muchacha normal. De las que quieren echar palante. De las que no se sientan a llorar sobre la leche derramada. Se llama Carolina Herrera. Otra ironía del destino. Si esto no estuviera pasando delante de mis propios ojos, te juro que pensaría que es producto de la imaginación de algún libretista de telenovelas alucinado. ¿En qué mundo pueden tener algo en común un Carlos Ramírez y una Carolina Herrera? Sólo en éste. Sólo en esta telenovela de la jungla en la que nos hemos convertido.

Nuestra amiga llegó anoche a La Factoría con un nuevo corte de pelo. Le queda de lo más bien, todo hay que decirlo. Fue la excusa que encontró para acercarse a la muchacha y hacerle preguntas como quien no quiere la cosa. Y parece que la tal Carolina es de lo más conversadora. Al final se dio cuenta de que Patty no estaba hablando sólo por hablar. Y no le importó mucho. O hizo que no le importaba. ¿Cómo saber? El caso es que le contó detalles de sus amores y desamores sin muchas precauciones. Nada de particular. Todas las parejas se parecen. Sobre todo las que están destinadas al fracaso.

Pero no quiso por nada del mundo hablarle de las actividades políticas de Toñito. Ahí la muchacha se le trancó y no hubo manera de sacarla de uno que otro monosílabo. Lágrimas sí soltó. Muchas. Y de ahí infiere Patricia, y Ferrer está de acuerdo, que el punto álgido de la vida del muchacho está en sus actividades medio políticas, medio delictivas. En ese lado de su vida del que nadie quiere hablar. Un lado que El Topo Charly conocía muy bien. Así que la pregunta ahora es ¿lo mataron para que no hablara?

Estamos, pues, frente a un misterio que se ahonda, querida. Son siete los muertos. Pero sólo conocemos la identidad de los dos últimos. Es decir, sabemos cómo se llamaban. Sabemos algo de Toñito, porque las dos mujeres más cercanas a su vida lo recuerdan bien. O tal vez deba decir tres. Porque hay que contar también a Mariela, la Marisela de esta historia. Pero no sabemos nada de Charly. Patricia cree que siguiendo ese hilo se puede desenredar una parte de la madeja. Pasamos horas especulando posibles vínculos con el crimen organizado, como se dice. Y otro rato largo tratando de hacernos una idea de los vínculos entre el gobierno y el hampa. El resultado es un panorama bastante sombrío, como te puedes imaginar. Ya ninguna cosa horrible nos sorprende. Estamos preparados para lo peor. Y, sin embargo, tengo la impresión de que cuando todo esto se aclare, si se aclara, nos vamos a llevar una sorpresa.

9

Tienes toda la razón. Nada de raro tendría que, en aquellos buenos tiempos en los que nuestro terrorista más conocido se hacía pasar por un rico empresario, se hubiera cruzado en algún palacio londinense o en un salón parisino con una elegante dama que en ese momento era sólo la esposa de un marqués y no se había vuelto todavía una marca de ropa o un perfume. Eso sí que daría material para la impactante escena inicial de una novela de intrigas palaciegas, protagonizada por dos caraqueños universales. Me puedo imaginar el juego de luces, el paneo a través de trajes espectaculares y hasta la música de fondo me resuena en los oídos.

Pero nuestras intrigas son mucho más pequeñas, amiga. El misterio que nos ocupa tiene un pie en un barrio y otro pie en las aguas inmundas del río que atraviesa silencioso la ciudad. Alguien dijo alguna vez que los crímenes que cometen los pobres contra los pobres no le interesan a nadie. ¿Fue Monsiváis? Seguramente. Sus impertinencias eran legendarias. Decía que por eso las intrigas no tenían asidero en nuestra realidad y que esa era la razón por la que la novela policial no prosperaba entre nosotros. En nuestros países nadie confía en la policía y la mayoría de los crímenes se cometen en una marginalidad tan absoluta que nadie quiere saber de ellos. Pero, por encima de todo eso, a nadie le interesa saber la verdad o, lo que es peor, todo el mundo la sabe, pero nadie la quiere ventilar. No hay materia allí para el entretenimiento.

Preferimos distraernos, digo yo, con intrigas de cartón piedra. Por eso la telenovela es nuestro género favorito. Y los misterios que nos atormentan no van por el lado de ¿quién mató a Antonio Peralta? sino más bien por el lado de ¿quién es el padre de Carlos Ramírez? ¿de quién es hija Mariela Salas? Y por ahí va mi reporte de hoy, querida. Porque aquí viene el giro telenovelesco de esta historia que oscila entre la realidad y el cartón piedra.

Resulta que el mundo es un pañuelo y aquí todo se mezcla con todo. Mariela, nuestra Marisela, a quien Luna se ofreció a mantener a salvo hasta que la oleada de amenazas y sacrificios pasara, acaba de desaparecer. Y todos estamos con el alma en vilo, como te puedes imaginar. Hubo una llamada, una nota de rescate, otra llamada. Se mencionó una cifra. Y alguien de la familia contactó al Comisario Ferrer, para ver si es posible resolver el asunto con la mayor discreción. Sin que nadie se entere, pues. ¿Y por qué no se quiere dar a conocer el asunto? Porque la joven parece estar emparentada con —pausa de suspenso— la mismísima Celia Salas. Sí, esa misma. La que llaman La Mapanare.

El modo como nos enteramos es lo que me hace repetir esa frase trillada de que el mundo es un pañuelo. Patty pasó ayer en la tarde, como todos los miércoles, por la casa del Comisario Ferrer. Iba a llevarle noticias, a contarle lo que había logrado averiguar. Y al llegar le sorprendió encontrarse con que el Comisario no estaba solo. La asistente de Ferrer, una tal Sofía a la que Patty pondera mucho porque prepara unas cachapas de fin de mundo y unos tequeños gloriosos, la hizo pasar a una salita de espera mientras se iba la visita. Algo que nunca había pasado antes. Tú sabes que Patty tiene carta blanca en esa casa y entra y sale como si fuera de la familia. La familia de los acólitos, como les digo yo. Los justicieros de Ferrer, les dice Lena.

Patty pudo escuchar cuando la mujer se despedía y salió al pasillo como quien no quiere la cosa, a darle una mirada a la misteriosa visitante. Dice que Ferrer la miró regañado, pero ella no le hizo mucho caso. ¿Cuándo es que Ferrer no mira feo? El misterio en realidad se resolvió después, porque la mujer había dejado una foto y Patricia la reconoció enseguida. Esa es Mariela, le dijo al Comisario en lo que vio la imagen pegada en la pared de corcho del Comisario.

¿Tú sabías que el Comisario tenía en la sala de su casa una pared de corcho? Claro que no. ¿A quién se le ocurre una cosa así hoy en día, cuando todo se resuelve en una pantalla? Pero el Comisario es un tipo de la vieja guardia, como dicen. Para él nada existe si no está impreso en papel. Con decirte que tiene dos cuartos enteros de la casa llenos de archivos de casos resueltos y sin resolver. Todo lo archiva y lo guarda. Y no ha servido de nada que sus acólitos más jóvenes se hayan ofrecido a escanearlos y guardarlos en archivos digitales. Él sigue confiando solamente en sus papeles y su memoria.

¿De dónde la conoces? Respondió el Comisario intrigado. Entonces nuestra amiga le contó lo del encuentro con la joven en la universidad, sus historias sobre los grupos armados, su miedo a quedarse expuesta después de haber hablado más de la cuenta, la casa segura a la que la había llevado Luna. La desaparición repentina. Ferrer escuchó sin inmutarse, dice Patty. Y luego no soltó prenda. ¿Puedes creer? Estas son las horas en que seguimos sin saber qué relación hay entre Mariela y Doña Celia.

Pero Patty piensa que no es casual que Ferrer reciba esa visita al día siguiente de la desaparición de la muchacha. El Comisario prometió contarle a Patty todo lo que sabía en lo que se resolviera el caso, sólo si le prometía que no publicaría nada sobre el asunto. Pero, por el momento, nada de nada. Debe ser un lío bien complicado. Ferrer no es de los que anda por ahí negándole favores a nadie. Si alguien le pide ayuda, el hombre se mete de cabeza en lo que sea hasta que logra una solución, sin hacer distinciones entre los que están a favor o en contra del gobierno. Pero sí exige que no le vengan con asuntos políticos. Por eso suponemos que se trata de un tema personal. Más telenovela, pues.

No te tengo ninguna novedad sobre el caso de Toñito. La madre volvió a dar declaraciones a los medios, pidiendo que se aclare la muerte de su hijo. Natalia estaba junto a ella y habló con la voz firme y las frases exactas de siempre. En la pantalla se la veía muy bien plantada, impecable. Siempre he pensado que Natalia está mandada a hacer para el trabajo que tiene. Defender a los que no pueden defenderse solos, con esa mezcla de elegancia y sencillez de la que muy pocos pueden hacer gala.

Tú sabes lo fajada que es Natalia, porque cuando mataron a Carla la viste actuar de primera mano. Viste cómo se empeñó en armar el expediente, en mover el caso, en llevar al culpable a la cárcel. Lo que pasó después estaba fuera de sus manos, claro. Pero no sé si sabes que renunció a una vida mucho más cómoda para dedicarse a esto que hace ahora. No deja de asombrarme su capacidad de perseverar, de seguir adelante a pesar de todo, de no perder el impulso de imaginar las distintas maneras legalmente viables de procurar justicia, incluso en un país como éste en el que los procesos judiciales no pasan de ser un chiste malo.

Patty le pidió que la ayudara con la identificación de los otros cinco cuerpos. Parece que van a exigir una exhumación. Creo que te conté que los habían mandado a todos a una fosa común, porque nadie los había reclamado. Yo llevo días preguntándome cómo es posible que esos cinco jóvenes no tuvieran ningún doliente. Ni madre, ni mujer, ni hijos. Hipólito dice que no hay nada más fácil que amenazar a una mujer para que se quede callada. El Enano dice que no sólo están asustadas, sino que deben haberles pagado lo suficiente para que sacaran la cuenta de qué les salía mejor.

Pero quien sea que esté pagando por esos silencios no contaba con la señora Peralta. Esa mujer no sólo está denunciando por todos lados lo de la muerte de su hijo, sino que además adoptó al otro muerto como si fuera suyo y ahora lo nombra junto con su propio hijo cada vez que pide justicia. Por cierto, en esta última declaración Natalia reveló un detalle que hasta ahora sólo conocían unos pocos. De todos los cuerpos que han sacado del Guaire, sólo Toñito murió ahogado en el río. Charly también estaba muerto antes de caer al agua.

10

Es verdad. Esto se parece cada vez más a un largo chisme sin pie ni cabeza. Pero tienes que reconocer que ya no podemos despegarnos del tema. Estamos metidos hasta el cuello en esta intriga y todos queremos saber qué va a pasar. Sobre todo Patty, que parece que se está jugando nada menos que el puesto. Porque ahora resulta que la tienen en la mira, ¿lo puedes creer?

El jefe le dijo —en grado 33— que se cuidara las espaldas porque ya empezó a circular una lista negra y dicen que el nombre de Patty está entre los primeros. No sé si sabes que hace unos días anunciaron que habían vendido el periódico en el que trabaja Patty. Fue una operación de lo más extraña, que se mantuvo en secreto por semanas, quién sabe si meses. Y lo anunciaron de pronto, de un día para otro, como pretendiendo que no pasaba nada, que no era más que una transacción comercial rutinaria.

Juraron y perjuraron que no iba a haber despidos, que la línea editorial no iba a cambiar, que todo seguiría igual. Pero, claro, nadie se lo creyó y todos nos sentamos a esperar que empezaran a botar gente. No han sacado las uñas todavía. Pero está claro que planean algo y que la meneada de mata va a llegar pronto. Y nuestra amiga puede estar entre los primeros que caigan en la sacudida.

Ella está tranquila. Dice que tiene años reuniendo plata. En dólares, por supuesto, porque el bolívar hace rato que no vale ni el papel en el que está impreso. Dice que no se va a morir de hambre. También dice que menos mal que no se le ha ocurrido casarse ni tener hijos. Todo lo que le importa o le interesa le cabe en dos maletas y mañana mismo se puede ir a cualquier parte. Eso dice y yo le creo. Pero ella no es de las que se van. Es decir, no es de las que se irían a vivir afuera. Yo me la imagino más bien en un pueblito del interior, criando cochinos o gallinas, sembrando arroz o lo que sea que se de en la tierra que encuentre para echar raíces.

Como sabes, los padres de Patty son inmigrantes. Ella ha vivido toda su vida en medio de la nostalgia de los que se vieron obligados al destierro. Es hija de una generación que sufrió en dos idiomas, dos culturas, dos memorias. Y no quiere repetir esa agonía. Si le toca irse de aquí, de esta ciudad malagradecida y retrechera, se irá a una ciudad más pequeña o directamente al monte. A vivir alejada del mundo en medio de la naturaleza, que de eso todavía tenemos bastante, por suerte. Hasta que sea posible regresar a la civilización. Y si no le toca volver, no me cuesta nada imaginarla perdida para siempre en medio de la nada, al lado de un río, rodeada de perros y gatos.

Pero me voy otra vez por las ramas. Lo que quería contarte es que Lena estuvo aquí a mediodía y se quedó conversando hasta más allá de la hora de cierre. Cosa rara, porque ella siempre anda a las carreras. Tú sabes que Lena es una máquina de trabajar. No sé cuántos años tiene de patóloga en la morgue, pero entre eso y las clases en la universidad, no le queda tiempo para nada más. No tiene vida privada esa mujer. Es casi un milagro que tenga un par de amigas. Anoche estaba con ganas de conversar porque se llevó un gran susto. Ella, que es tan bien plantada, tan guerrera, reconoce que le costó reponerse y que todavía siente escalofríos cuando se acuerda.

Ya iba a terminar su guardia, dice Lena, pero le dieron ganas de fumarse un cigarro y salió a la calle. Serían las once de la noche o así. Una hora en la que todavía hay gente esperando afuera, pero mucho menos que en el día. La calle estaba quieta y algo oscura. Nada raro en esa zona en la que el alumbrado público se reduce a dos postes macilentos. Cuando ya iba a apagar el cigarro para entrar a buscar sus cosas, se le acercó un hombre de cabeza rapada, corpulento, casi alto. Lena dice que salió como de la nada.

Magdalena Sánchez. Le dijo su nombre completo, no en forma de pregunta sino más bien de orden perentoria. Ella respondió que sí con la cabeza y un susto entre pecho y espalda. El hombre se le acercó un poco más y se dejó ver de frente. Acostumbrada a calcular pesos y alturas, edades y condiciones físicas, Lena lo evaluó con ojo clínico y supo en un instante que era un sujeto peligroso. Uno de esos seres de los que se dice que a hierro mata y a hierro muere. Pero estaba vestido con un traje impecable que contradecía las conclusiones a las que había llegado Lena con sólo imaginarlo sobre su mesa de disección. Ella dice que podía sentir su aliento agrio. Hay amistades que es mejor no tener, le dijo. Es mejor que no siga divulgando datos que no deben ser del dominio público, le advirtió. Y otro par de frases por el estilo.

El tipo fue parco. Seco. Dijo con voz pausada y segura lo que tenía que decir y se fue. Despacio. Por la misma acera por donde había llegado. Sin preocuparse si lo veían los funcionarios que entraban y salían, los familiares o un par de colegas de Lena que terminaban su turno también a esa hora. Lena se quedó de piedra, mirando cómo se iba calle abajo el hombre que acababa de amenazarla. Me dijo que no se le ocurrió gritar ni llamar a nadie. Pero cuando por fin pudo mover un pie y ponerlo delante del otro, cuando estaba por entrar a buscar sus cosas para regresar a su casa a meterse debajo de todas las cobijas, un funcionario que había visto la escena de lejos le dijo que se anduviera con cuidado. Porque ese tipo era de los que aparecían sólo para amenazar y de los que amenazan una vez nada más y nunca en vano. A Lena le alcanzó el valor para preguntar quién era. Un tal Méndez Gabaldón.

Te juro que me entró un frío helado que se me quedó pegado en la boca del estómago. Todavía lo siento aquí mientras te escribo. Porque el tal Méndez Gabaldón es de los seres más siniestros que uno puede encontrarse en medio de la noche. Es casi una leyenda urbana. Un fantasma. Una aparición nefasta.

Me hubiera encantado poder decirte que se trata de un misterio, que en realidad nadie sabe quién es. Hubiera sido un modo de lo más cinematográfico de mantener el suspenso, por lo menos hasta la próxima vez que te escriba.

Pero el suspenso es un lujo que muy pocas veces podemos darnos en la vida real. En este país, todo el mundo sabe muy bien quiénes son los malos. Y Méndez Gabaldón vive de su fama tanto como de los hechos que se supone que de verdad ha protagonizado. Por eso su sola presencia causa estragos. Porque cuenta con que el intimidado sepa exactamente quién lo está amenazando. Sin esa fama que lo precede, el efecto se desvanecería. Dicen las malas lenguas que cuando era muy joven pertenecía a una célula guerrillera. Iba de mandadero de aquí para allá. Poco a poco se fue ganando la confianza de los jefes, de los cuadros medios, de los menos encumbrados. Y cuando se metió a todo el mundo en un bolsillo, saltó la talanquera.

Algunos dicen que se dejó comprar por la policía militar, que en esos tiempos se jugaba el todo por el todo para terminar de acabar con los cuatro gatos que seguían levantados por ahí. Era el tiempo de la llamada pacificación, que se resolvió tanto por las buenas como por las malas. Los que disparaban primero y averiguaban después lograron reclutar al joven Ignacio Méndez, a quien nadie conocía entonces como el siniestro esbirro de dos apellidos que ahora hace temblar al más pintado. Era un cuerpo de inteligencia medio clandestino que después se integraría a la vieja DISIP. Ahí comenzó la carrera de traidor, delatando a todos sus compañeros de armas.

No se sabe mucho cómo fue ascendiendo después. Pero está claro que no fue exactamente haciendo obras de caridad. Su vida es más bien un misterio y los rumores son tantos que uno termina pensando que él mismo los alimenta, para que su figura crezca y se vuelva legendaria. Parece que saltó a la fama, si se puede decir así, a raíz del papel que cumplió en el regreso triunfal del líder que había renunciado a su cargo y estaba ya dispuesto a retirarse a una isla del Caribe con todos sus millones. Dicen que no sólo estuvo al lado del hombre cuando los helicópteros lo trajeron de regreso, sino que fue el encargado de darle el mensaje, el ultimátum que venía de La Habana y que lo atornilló en el poder hasta su muerte. Usted no renuncia, dicen que le dijo. A usted no le queda otra que morir en el cargo.

La fama le cayó encima sin que él la buscara. O eso es lo que yo me imagino. Hay quienes piensan que perjudicó su papel de sombra entre las sombras. Pero, por otro lado, no hay más remedio que reconocer que ese renombre lo ha convertido en un personaje ubicuo, en una leyenda urbana, que mete miedo de sólo nombrarlo. Si hay un villano en esta historia, si tiene que haber un malo malísimo frente al cual hay que plantarse y empuñar todas las armas y salir triunfante, ese es Méndez Gabaldón. Pero la experiencia me ha enseñado que es mejor no creer en historias en las que el bien triunfa al final. Así que no te prometo nada, querida.

11

Claro que me contradigo. ¿Cómo no me voy a contradecir? Vivo en un país que es hijo de las más pasmosas contradicciones, que se agranda y se achica debido a sus contradicciones. No me puedes pedir que mantenga la coherencia de una semana para otra. Es como si me pidieras que fuera optimista, que creyera por más de media hora al día en un futuro mejor. Si me contradigo es porque aquí es imposible sostener una creencia por mucho tiempo. Lo que creemos en la mañana se nos ha olvidado ya en la tarde. Y yo no soy una excepción, Olga querida. Lamento decepcionarte.

La convención exige que un relato tenga personajes más amables y personajes detestables. Están las chicas buenas, claro. Las que están intentando hacer lo correcto, en la medida de lo posible. Lena, Patty, Natalia. Ellas son las heroínas de esta historia. Y la señora Peralta, por supuesto. Frente a ellas hay un mundo de intrigas y de obstáculos. El obstáculo mayor es el silencio, lo que no se sabe. Entre lo que sabemos y lo que no sabemos se extiende una tortuosa búsqueda de lo que, a falta de mejor palabra, llamamos la verdad. Aunque se trate, en realidad, de verdades en plural, como dice Patty. O tal vez, digo yo, de lo que se trata es de descubrir una forma de coherencia. Un relato convincente, pues.

Podríamos decir que hay tres maneras aquí de llegar a la verdad. ¿O será mejor decir tres métodos? Uno es el método del policía tradicional encarnado en Gutiérrez. El tipo está en el terreno. Habla con los involucrados, entrevista testigos, recopila indicios y pruebas de una manera que podríamos llamar oficial. Arma un expediente, digamos. Aunque en este caso eso no se cumpla al pie de la letra. Porque a Gutiérrez lo sacaron del caso de los ahogados desde el tercer cuerpo que pescaron en el río y el caso de Toñito ni siquiera existe separado de los demás. Así que, aunque Patty le cuenta lo que va averiguando y el policía le ofrece de vez en cuando uno que otro dato, por puro amor al oficio, hasta ahora el elemento policial no ha servido de mucho.

Después está el método intuitivo y pragmático de Ferrer. El Comisario es de los que prefiere recabar información y sentarse a pensar frente a su pared de corcho hasta que se le ocurra una idea interesante. No es sólo una cuestión contemplativa. Hay que ser justos con el Comisario. Es una forma de ensayo y error, según creo. Pensar en una hipótesis, intentar comprobarla, fallar, pensar en otra hipótesis. Y así hasta que alguna idea resulte al final válida. No se trata tampoco de lanzar teorías al aire, sin ton ni son. Ferrer conoce muy bien las fuerzas que se mueven detrás de todos o casi todos los hechos criminales en este país. Porque se ha pasado la vida descifrando métodos y motivaciones. Así que de lo que se trata es de una larga experiencia aplicada a un problema que nunca es del todo nuevo.

Luego está el método periodístico, que surge tal vez de una intuición amorfa, como dice mi amiga Catherine. Es una cosa que no se puede definir pero que, sin embargo, está basada en una forma de experiencia que no es la experiencia del policía ni la del investigador privado, sino la experiencia de la noticia, de lo que sucede en el día a día. Los periodistas han sido entrenados para ver un orden en el caos de la realidad. Un orden que se materializa en un titular, un sumario, un primer párrafo en el que debe caber todo lo relevante y luego tres párrafos que completan la información y la llevan a un cierre lógico y redondo. La estructura de la noticia es un método en sí mismo. Una forma de contar la realidad.

Más allá de eso sólo están las víctimas y los victimarios. Y no se puede decir que las víctimas sean la encarnación de la bondad ni que los verdugos sean el mal en persona. Pero convendrás conmigo en que, si pintamos las cosas de esa manera, el terreno resulta menos resbaladizo. Se trata de una convención que nos tranquiliza, nos aparta del caos de la experiencia y nos deja vivir rodeados por un par de certezas. Imagínate un paréntesis. Una frase en el medio. Ahí habita esta historia que te cuento. Afuera está una realidad imposible de comprender. Y yo no soy más que la voz que cuenta esa historia. Una voz impaciente e incrédula. Contradictoria. La voz del chisme, si quieres, del cuento de sobremesa. No tengo por qué ser rigurosa.

Si me dejas, con todo y eso, te puedo seguir contando lo que vaya llegando a mis oídos. Como esto, por ejemplo: Patty le contó a Gutiérrez de la amenaza de Méndez Gabaldón a Lena. Gutiérrez se mostró preocupado y alterado. ¿Ya te conté que la patóloga y el policía se conocen desde quién sabe cuándo? Sí. Seguro que te lo conté. Bueno, el hombre se preocupó bastante. No sólo porque conoce a Lena, sino porque conoce al tal Méndez Gabaldón y sabe lo que significa que este personaje salga de la cueva oscura en la que se esconde y se digne a dirigirse a un mortal, si no en pleno día, a media noche, en público y en la calle.

Así que Patty y Lena están tomando precauciones. Sin que haya ninguna garantía de que esas precauciones den mucho resultado, como te puedes imaginar. Patty dejó de ir a la morgue. Lena sólo se comunica con ella a través de terceros. Es decir, ésta que viste y calza les sirve ahora de mandadera. Lo cual me encanta, por supuesto. Porque ahora manejo, como se dice, informaciones de primera mano. Aunque no ha habido todavía mucho que informar, porque este arreglo nuevo apenas empezó ayer. Pero ya me veo inventando códigos secretos y formas complicadísimas de contarle a Patty que Lena descubrió otro dato.

Dicho así suena de lo más neutro. Lo que en realidad puede pasar es que los datos se refieran a pedazos de cuerpos que contienen algún tipo de pista. Y no hay manera de transmitir una información como esa sin sentir que, de algún modo, el mundo se le viene a uno abajo. Lo hemos hablado antes.

Uno pierde la sensibilidad y termina hablando de los muertos como si fueran cosas. Baúles flotando en el agua. Cuando se trata de gente como uno. Incluso más joven, que es peor. Muchachos que seguro soñaban con una larga vida.

Pero ya me estoy poniendo machacona y reiterativa. No sólo me contradigo, amiga, también me repito. Así que este cuento se queda hasta aquí, por hoy.

12

Disculpa que te haya dejado en vilo. Han pasado dos semanas y nuestra historia cayó en una especie de limbo del que no logra salir. No han sacado ningún otro cuerpo del río. La ciudad parece detenida en una calma de esas que llaman tensas. Una calma chicha, amodorrada y honda, que parece tragarnos a todos. Anoche soñé que me dejaba llevar por esa calma, que me iba meciendo y bamboleando en una de esas calmas y de pronto era el río, el mismísimo Guaire el que me iba llevando. Y yo era uno más de los cuerpos caídos en el agua inmunda.

Me desperté aterrada y empapada. El sudor me corría en largas gotas por todo el cuerpo. Y por unos segundos no sabía dónde estaba. Te juro que sentí que alguien estaba tratando de decirme algo. Pero ¿qué? Hay quienes creen que los muertos nos hablan en los sueños. Yo no llego a tanto. Es verdad que creo en la influencia de los astros y que le prendo mis velitas a los santos de vez en cuando. Pero hasta ahí llego y me devuelvo. Si existe el más allá es literalmente eso, algo que está del otro lado, que no podemos alcanzar y que no nos alcanza. Y aun así, mientras me levantaba esta mañana, con la cabeza revuelta por una sensación de ahogo, tuve el claro presentimiento de que una fuerza misteriosa estaba tratando de empujar algo de allá para acá. Una idea tal vez.

Por eso me estoy sentando a escribirte aquí en el mesón de la cocina antes de que lleguen las ayudantes y el jovencito que lleva un mes haciendo la pasantía en La Factoría y ya se cree chef. Aprovecho esta media hora de silencio y te escribo con un café cerrero al lado, mirando por la puerta abierta el patio en el que revolotea la brisa mañanera. Para contarte nada, querida. Contarte que estamos en este limbo quieto en el que damos vueltas como las hojas en el patio. Repetimos una y otra vez lo que sabemos y nos desesperamos porque no podemos hacer que la realidad responda a nuestros deseos de que algo pase. Lo que sea.

No hay más cuerpos flotando en el río ni enredados a la orilla de los puentes. Mariela sigue desaparecida y no sabemos de ella nada más. Sólo nos hemos enterado de algunos detalles de su famosa tía. Resulta que es una altísima funcionaria del Ministerio Público. La mano derecha del ministro, para ser exactas. La segunda al mando o, probablemente, la que de verdad manda tras bambalinas. Y esa mujer, que uno podría imaginar todopoderosa, está igual que todos nosotros, metida en esta calma chicha a la espera de noticias.

En medio de esta calma tensa y laxa al mismo tiempo, nos hemos entretenido imaginando el drama personal de esa mujer tan bien plantada, con tanto poder, que sin embargo no puede hacer otra cosa que rogar por debajo de cuerda que la ayuden a salvar a su sobrina de todos los modos posibles. Hasta Gutiérrez se ha metido en el asunto. Ferrer lo llamó, por insistencia de Patty, para que le diera una mano. Y él, ni pendejo que fuera, vio clarita su oportunidad de salir de la anomia a la que sus superiores inmediatos lo tienen condenado.

Dijo que sí, que cómo no, que con mucho gusto se encargaba de rastrear los bajos fondos a ver si encontraba alguna pista que condujera al rescate de la joven secuestrada. Pero puso su precio por delante. Pidió un cargo, un aumento de sueldo, una posición en otra parte. No conozco bien los detalles, pero te lo cuento para que veas que no estamos precisamente rodeadas de ángeles. No me extrañaría para nada enterarme de que el Comisario Ferrer, con su carota de yo soy el mejor de todos, también ha sacado su tajada de todo esto. Aunque sea sólo en forma de favores por cobrar en las altas esferas.

Patty me escucha decir estas barbaridades y voltea a mirar para otro lado. Prefiere no responderme. Ella está clara en que todos somos simples seres humanos, buenos y malos al mismo tiempo. Pero prefiere no entrar en honduras cuando se trata de personas de carne y hueso que se merecen toda su confianza. Una vez que decidió confiar en Gutiérrez, ya no hay manera de que deje de hacerlo. Lo mismo pasó con Ferrer. Así que en esas estamos. Descubriendo los vínculos entre nuestros aliados y altos funcionarios del gobierno. Lo que le agrega a esta historia una densidad inesperada.

Y tal vez sea éste el momento de responder a esa larga duda sobre la que me escribiste hace ya un tiempo. En efecto, este es un país en el que no se puede ser neutral en términos políticos. Uno quisiera. Mejor dicho, algunos de verdad se esfuerzan por ubicarse en el medio. Pero es tan difícil, querida, que al final terminan inclinándose por un lado. Y una vez que lo hacen ya no hay vuelta atrás. Están condenados a que los etiqueten sin remedio.

Yo estoy en contra del gobierno. Esa ha sido mi posición con este gobierno y con todos los anteriores. Llámame anárquica. Llámame prepolítica, postpolítica, antipolítica. La etiqueta que quieras me la puedes poner en la frente. No estoy tratando de inaugurar una escuela de pensamiento ni pretendo que todo el mundo reaccione como yo o se rija por mis reglas generales. Es solo que no creo en los gobiernos. En ningún gobierno. Yo ejerzo mi papel de ciudadana, eso sí: voy a votar, me mantengo al día, opino, me quejo, firmo cartas y comunicados públicos, estoy en todas las listas negras del gobierno, voy a todas las marchas de la oposición y hasta tengo mi gorra. No la de la bandera. Esa me parece horrorosa. La otra, la que tiene siete estrellas sobre un fondo negro.

Porque en este país estamos de luto hasta nuevo aviso. Y vamos a seguir de luto cuando se instale el siguiente gobierno. Sea de izquierda o de derecha. Rojo, azul o amarillo. Porque lo que hemos perdido es algo que está más allá de las convicciones políticas. Hemos perdido el país, el proyecto mismo de ser un país, el mapa que nos ubicaba ante el universo. Ya no tenemos coordenadas ni Norte ni estrella que nos guíe. Somos un estallido, amiga, una serie discontinua de migajas dispersas. La dispersión, la falta de rumbo, es lo que nos mata. Y mientras no logremos encontrar un punto de convergencia seguiremos en esta lenta disolución hacia la nada.

Y al mismo tiempo, permíteme que me contradiga otra vez, creo que no todo está perdido. Ahí tienes a Celia Salas, La Mapanare, pidiendo ayuda a dos personajes que no son incondicionales con el gobierno. ¿Ves cómo funciona? Hay un punto en el que las cosas convergen, a pesar de todo. Porque estamos juntos en esto. Sea lo que sea esto que nos une. La inercia de ser y estar, si quieres. Y por eso llega un punto en el que las alianzas son posibles o, más bien, son inevitables. Yo te doy una mano y tú me das una mano. Porque al final todos estamos contra la pared.

Así que tienes razón. Mi versión de los hechos sólo puede ser ésta. La de alguien que mira los toros desde la barrera. No puedo ni quiero simpatizar con el gobierno. Porque para mí esa banda de delincuentes no tiene legitimidad alguna. Pero estoy muy lejos de creer que los líderes visibles de la oposición van a salvarnos de esto sin que nos cueste caro. Hasta ahí no llego. Me consuelo pensando que un cambio de estilo sería por lo menos un alivio. Me bastaría con una revolución de las formas y las maneras. Un adecentamiento del discurso. Una fachada que nos recuerde que existe la posibilidad de sentarnos los unos frente a los otros a imaginar el futuro.

Ya sé que es demasiado pedir. Pero así nos quedaría al menos un sueño. Y un sueño es siempre mucho más que nada. Más que esta pesadilla de cuerpos que flotan en medio de un río.

13

No te tengo buenas noticias, querida. Pero siempre he pensado que al final todo sucede para bien. Lo que tenía que pasar pasó y a Patricia la pusieron de patitas en la calle, como se decía antes. La botaron. Sin más ni más. El profe le dice que peleó hasta que pudo para que la dejaran, pero que la presión vino de arriba. Es lo que se dice aquí cuando, en efecto, las órdenes vienen de un lugar impreciso, pero cargado de tanta autoridad que sólo es posible imaginarlo por encima de todas nuestras humilladas cabezas. La orden era inapelable y no valió pataleo. Patty dice que el profe ofreció incluso renunciar. Pero ella le pidió que dejara todo de ese tamaño.

Para serte franca, creo que nuestra amiga está más bien aliviada. Se ve como si se hubiera quitado de encima diez años. El día del despido vino aquí a celebrar, no a lamentarse. Por primera vez desde que éramos estudiantes la vi tomarse dos cervezas y se le achispó la mirada. Habló de los buenos tiempos, en los que paseábamos en plena madrugada por los pasillos desiertos de Humanidades, gritando consignas de la Guerra Federal. ¡Entierren las carabinas! Gritaba uno. ¡Donde puedan volver a encontrarlas! Gritaba el resto. Y luego ¡Ajá! ¡Ajá! ¡Y Sacalapatalajá! Después se escuchaba la larga carcajada que retumbaba en la noche. Eran los gritos de guerra que nos había enseñado Guillermo y que todos adoptamos sin pensar mucho en lo que significaban.

Como siempre, Patty me hizo contarle otra vez las historias del Barrio Chino, de los días en que amanecíamos discutiendo el estado del mundo y enmendando entuertos a punta de teorías imposibles. Los tiempos en los que teníamos todo el futuro por delante. Cuando todavía no habían matado a Guillermo y su muerte no nos había hecho estrellarnos contra la realidad y rompernos en mil pedazos. Recordamos los bailes y las escapadas a la playa. Y nos acordamos de los viajes. Los viajes a Higuerote y a Todasana. Las veces que insistimos en volver a Choroní, a pesar del terror que nos daba la carretera angostísima y llena de curvas. Aquel viaje interminable que hicimos a la Gran Sabana. Pero, sobre todo, volvimos a repasar todos y cada uno de los recuerdos que tenemos del viaje a Nicaragua. Los lentos autobuses, las alcabalas, la casa de unos amigos de papá en la que nos quedamos en Panamá, el hotelucho laberíntico en el que pasamos una noche en San José de Costa Rica, las altas carreteras llenas de bruma, los pasos de fronteras. Recordamos los sueños, pues. Y también lo que fuimos capaces de hacer mientras soñábamos.

Pero al filo de la madrugada no nos quedó otra que volver a la realidad y lamentarla, repasando la cadena de eventos que terminaron en el despido o la liberación de nuestra amiga. Contado de manera escueta, lo que pasó fue casi cotidiano, apenas ligeramente fuera de lo normal. Patty se enteró, por Gutiérrez, que Méndez Gabaldón había amenazado a Lena. Y como el caso de Toñito seguía estancado y estaba harta de la rutina de una página que se llenaba en media hora, con tres o cuatro informaciones sobre los treinta o cuarenta muertos que aparecen cada semana tirados en la calle, le dio por investigar al personaje siniestro. Es decir que todo comenzó como un pasatiempo.

Pero la información que fue recogiendo aquí y allá le resultó tan sustanciosa, por decir lo menos, que el instinto periodístico se le destapó de nuevo a nuestra amiga y se le ocurrió que, a falta de un gran reportaje sobre los cadáveres del Guaire, tal vez podría escribir un texto revelador y profundo sobre el siniestro esbirro que había amenazado a Lena y que parece estar por detrás de todos los hechos oscuros que han sucedido en los últimos años. Lo que incluye el asesinato de un fiscal, la muerte accidental de un ministro y el ataque al corazón que se llevó a una dirigente demasiado visible y escandalosa.

Patty tuvo la audacia de localizarlo y pedirle una entrevista, contrariando todas las recomendaciones de Ferrer, que le pidió por favor que abandonara la idea. El asunto hubiera podido quedar ahí, sin más. Hubiera bastado que Méndez Gabaldón no respondiera. Pero el hombre se presentó en la redacción, a plena luz del día y con su cara lavada. Hay que suponer que le había llegado el dato, por distintas vías, de que había una periodista investigando su vida. Y el esbirro quiso dar la cara, con una mezcla de soberbia y arrogancia que paralizó a todo el mundo. Menos a Patty.

Nuestra amiga se encerró con el esbirro por dos horas. Le preguntó todo lo que se le vino a la mente y Méndez Gabaldón le respondió. A veces de manera franca y directa, otras veces con evasivas y largas pausas. Su voz era calmada y sus gestos estudiados, lentos. Patty dice que irradiaba una seguridad y un aplomo difíciles de describir. Es como cuando estás delante de un animal poderoso que sabe que puede desgarrarte de un solo zarpazo, pero te perdona la vida porque acaba de comer y está harto. Eso me dijo Patty con los ojos brillantes, a la hora en la que ya se podía presentir el inicio del día.

De aquella encerrona salió aterrada y deslumbrada. Escribió seis cuartillas apretadas que el jefe leyó y aprobó, a sabiendas de lo que podía costarles semejante atrevimiento. El domingo apareció el reportaje en las dos páginas centrales, con grandes titulares, fotos y recuadros. Fue un batacazo. No había llegado el mediodía y alguien ya había mandado a recoger todos los ejemplares impresos que quedaban en Caracas. El reportaje se esparció como reguero de pólvora por las redes. La página web del periódico se cayó porque no pudo soportar la cantidad de visitas. Alguien incluso grabó con voz melodramática un resumen del texto y montó un video en youtube que se hizo viral antes de que terminara el fin de semana.

Fue un éxito, querida. El periódico recibió más atención y visibilidad que en todo el resto de su existencia. Llamaron desde España, México, Argentina y Brasil para pedir que les permitieran reproducir el reportaje o entrevistar a la reportera que había hecho la investigación. Tú misma viste una versión en inglés en The Guardian y se la mandaste a Patty el martes. Algo que a ella le pareció fantástico. Pero ya para ese día la tormenta había crecido tanto que se había convertido en huracán.

Comenzaron las presiones. El gobierno amenazó con una serie de acusaciones, multas, recortes en los anuncios oficiales y en la cuota de dólares para comprar papel. Lo de siempre. Y los nuevos dueños no mostraron ni siquiera ánimo de negociar. Ofrecieron la cabeza de la mensajera a cambio de que los dejaran en paz. Todo pasó muy rápido. El miércoles hubo una calma chicha en la redacción. Al llegar, Patty se encontró con que no había pauta para ella. Pasó el día en un limbo extraño, repasando lo que se sabía de Toñito y Charly, de los otros cadáveres del Guaire. Tenía todavía la intención de repetir la hazaña y publicar un reportaje similar revelando toda la historia.

Pero a las cinco de la tarde la llamaron a una reunión con el jefe de personal y hasta ahí llegó el paso de nuestra amiga por El Globo. Es verdad que cualquier periodista en este país tiene en su haber una lista de medios en los que ha trabajado. Y no es sólo por amor a la variedad que la mayoría ha saltado de un puesto a otro. Es porque, tanto antes como ahora, permanecer en un medio no es exactamente una hazaña, es una prueba de sumisión. Para quedarse en un medio es necesario callar, aceptar, obedecer, tragarse la rabia y las humillaciones. Eso ha sido así en este país desde que tenemos memoria.

Por eso estoy yo aquí de cocinera. Todos amamos y odiamos esta profesión que es como un castigo divino. Y todos soñamos con fundar nuestra propia revista, nuestra emisora de radio, nuestra editorial alternativa. Y es ese sueño el que nos sostiene cuando recogemos los bártulos y nos vamos con el rabo entre las piernas de una redacción a otra, de un canal a otro. Ese es el sueño que pensé que iba a sostener a Patty también esta vez. Pero ¿sabes qué me dijo? Me dijo que iba a dejar todo para escribir un libro. Así que tendrás oportunidad de leer otra vez esta historia que yo te estoy contando tan mal y con tan pocos elementos. Nuestra amiga la va a contar dentro de poco, mucho mejor que yo, de primera mano y con pelos y señales. Con todas las verdades por delante.

14

Como si hubiera sido poca cosa para Patricia tener que soportar la humillación de que la botaran de su trabajo por airear uno de los trapos más sucios del gobierno, ahora resulta que su exmarido le da un tubazo. Así como lo oyes. Oliveros presentó anoche, en horario estelar, un programa en el que anunció que resolvería el caso de los cadáveres del Guaire. Pasaron la propaganda por tres días, en horario estelar, para crear la mayor expectativa posible. Decían exactamente eso, que el misterio sería resuelto. Y, claro, una vez que los medios te ofrecen revelarte un secreto, la gente da por sentado que va a ser así y nadie se sienta a observar con ojo crítico si realmente se cumplió la promesa.

El programa resultó ser una mezcla de datos ya conocidos con declaraciones en las que un par de altos funcionarios apuntaban a supuestas investigaciones en marcha y anunciaban futuros arrestos. Y ¿adivina quién estaba entre los funcionarios más altos que entrevistó Oliveros? La mismísima Celia Salas, mejor conocida como La Mapanare. Imponente ella, vestida toda de lino blanco, con una camisa roja que imagino de seda sobresaliendo apenas entre las solapas. Muy peluqueada y maquillada. Impecable. Parecía la imagen misma de la responsabilidad. Cada vez que aparecía en pantalla irradiaba seguridad y eficiencia. Sin importar lo que dijera, su sola presencia indicaba que algo se estaba haciendo y que se hacía bien. Parece que esa es la imagen que Celia Salas va a cultivar en los medios, ahora que ha decidido por fin hacerse visible, aceptando un cargo más alto.

Y esa es la imagen que prestó para montar la farsa de que no había que seguir hurgando en el agujero negro de los muertos del Guaire. Porque el gobierno tenía ya todo bajo control y estaba a punto de detener a los culpables. Y aquí viene el truco de la historia. Que en toda la hora de programación, dedicada supuestamente a resolver el caso, no se dijo ni una sola vez quiénes eran los supuestos sospechosos de los crímenes cometidos. No se indicó ni por asomo la identidad de ninguna de las víctimas, aparte de Toñito y Charly. Más aún, no se dijo ni una sola vez que estuvieran considerando las muertes como crímenes relacionados entre sí.

Patricia saltaba de la silla a cada momento mientras veíamos el programa. Le mandaba textos a Oliveros insultándolo. Le gritaba al televisor los datos que conocía y que nadie estaba mencionando. Se comunicaba por teléfono con Ferrer. Hacía preguntas al aire y me miraba con cara de desesperación, como si yo tuviera escondidas en algún lado las respuestas a sus preguntas. Chateaba con Lena. Iba a la cocina a servirse un vaso de agua o una taza de café y volvía sin parar de hablar. No podía quedarse quieta un segundo mientras escuchaba una tras otra las medias verdades y las mentiras veladas que su exmarido narraba con la engolada voz de locutor de la que tanto se enorgullece.

Mientras tanto, Oliveros entrevistaba en la pantalla a funcionarios de oscuras y desconocidas dependencias que ofrecían cifras y especulaban sobre datos ambiguos. Uno de ellos mencionó, como de pasada, el hecho de que un promedio de cincuenta cuerpos al año son recuperados de las aguas del río que cruza la ciudad. Una cifra que, sostuvo sereno, no ha sido para nada superada en los últimos meses. Al contrario, dijo, si las estadísticas no mienten, este año la cifra habrá disminuido en un veinte por ciento. Y así. Uno tras otro, los funcionarios del gobierno fueron desmontando la posibilidad misma de que se tratara de casos remotamente vinculados entre sí. Y, sin embargo, ofrecieron vigilancia, futuros arrestos, acciones a tomar.

Tú conoces bien a Oliveros. Demasiado bien, si me perdonas la indiscreción. Yo no estoy autorizada a decir que conozco toda la historia de ustedes dos. Pero ya que estamos contándonos estos cuentos, tengo que decirte que hace tiempo que sé que ustedes tuvieron algo. Patty me lo contó y me hizo jurar que no te lo diría nunca y me siento como una traidora. Pero no veo por qué hay que tratar el asunto como un secreto. Te acostaste con Oliveros. ¿Cuál es el drama? Patricia no era su mujer en ese momento. Ellos ni siquiera habían empezado a salir. Fue un asunto pasajero que ocurrió hace mil años. No hay por qué darle más peso del que tuvo. Si lo menciono ahora es sólo para enfatizar que, en efecto, tú conoces al personaje bastante mejor que yo.

Sabes muy bien que tiene un afán de notoriedad que pesa en él más que nada en el mundo. Cuando habla, parece que se hipnotiza a sí mismo con el sonido de su propia voz y no logra dejar de hablar. Es un milagro que sea capaz de conducir un programa de entrevistas en televisión. Mi teoría es que mientras el invitado habla, él se mira en los monitores, extasiándose con su propia imagen, hasta que le avisan desde la cabina que le toca hablar de nuevo. Pero no se puede negar que ha logrado una presencia y una credibilidad que muchos envidian, debido a esa seguridad en sí mismo que lo hace invulnerable. Y esa credibilidad le ha generado un público variado y enorme.

Es a ese público al que acaba de convencer de que el asunto de los ahogados del Guaire está a punto de resolverse y de que ya no hay nada qué buscar ni revolver ahí. En otras palabras, Oliveros ha eliminado de un plumazo, y en una hora, todo el trabajo que sus demás colegas vienen haciendo desde hace meses. Todo lo que se diga sobre el caso a partir de este momento sonará a refrito, a cosa ya dicha, a noticia de ayer. Y esa es la maldición de esta profesión nuestra. Cuando algo se vuelve refrito se murió para siempre. Esa era la furia de Patty cuando veía las trampas y los subterfugios que utilizó su exmarido para anular, sin aclarar, el misterio de los ahogados.

Porque por ese mismo desaguadero se fueron las promesas hechas a la señora Peralta, el empeño de Natalia por lograr un mínimo de justicia, todo el tiempo invertido en descubrir las verdades. Todo está ahora manchado y desviado. Y va a costar media vida remontar esa cuesta. A mitad del programa, que estábamos viendo en la sala de mi casa, apareció Lena. Llegó sombría y malhumorada. Le importó poco que la estuvieran siguiendo o que la acusaran más tarde de tratos inapropiados con la prensa. Total, ninguna de nosotras era ya periodista en ejercicio. Se sentó en la ventana a fumar en silencio, echando el humo para afuera, y no dijo ni una palabra hasta que Oliveros despidió a sus oyentes prometiendo una serie de revelaciones espectaculares para la semana que viene, sobre otro asunto totalmente diferente.

Acaba de pasar la página, dijo Lena apuntando con el cigarrillo a la pantalla en la que ya rodaban los créditos. Y así es. Así lo sentimos las tres y dejamos que nos cayera encima un desasosiego negro y terco. Pero no habían empezado las propagandas cuando ya Natalia estaba llamando para pedir una reunión con Ferrer y Gutiérrez. Esa mujer no se rinde. Eso sí te lo puedo asegurar. En un santiamén los llamó a todos, fijó una reunión para dentro de dos días, armó una estrategia, arengó a sus tropas como un general en el campo de batalla y les mostró que no era el fin. Mujeres como Natalia son las que inventan el futuro y nosotros, simples mortales que nos dejamos desanimar por el obstáculo más pequeño, lo único que podemos hacer es seguirlas. Aceptar que nos empujen hacia la esperanza.

15

La pregunta más difícil de responder en estos casos es el cómo. En eso tienes toda la razón. Puedes tener muy claros los objetivos, la meta a la que quieres llegar. Pero el diablo está, como dicen, en los detalles. El cómo es incluso más complicado que el porqué. El porqué es siempre una declaración de principios. Por odio, por amor. Por necesidad de hacer justicia o de hacer daño. Es algo que se puede despachar en una frase y todo el mundo queda contento. Pero el cómo es imposible de resumir en un principio. Es una escalera empinada, llena de pasos que a veces implican retrocesos.

Todos queremos resolver este misterio, que se nos ha vuelto casi una angustia existencial. Y buscamos que se sepa la verdad. Pero queremos que suceda ya, que sea instantáneo y nítido. Tenemos una paciencia muy chiquita. Como la de los niños, para los que el futuro no existe. Sin embargo, la estrategia de Natalia es a largo plazo, porque ese es su fuerte. Todo comienza y termina con una serie de diligencias judiciales con las que no voy a aburrirte. Baste con decir que el primer trámite empieza aquí, a la vuelta de la esquina, y termina en el Tribunal Internacional de La Haya. Es decir, el largo tiempo de la historia. La eternidad.

Pero Patty no está conforme. Ella dice que está muy bien lo de la Historia con mayúsculas y todo eso, pero que hay que ir haciendo algo ya. Porque mientras tanto los que han montado toda esta farsa siguen tan campantes gobernándonos. Si, como dice Gutiérrez, alguien de mucho peso está sacando las garras, ese alguien va a asomar la cabeza tarde o temprano. Y al que se hace visible se le puede atrapar. Eso es lo mismo que piensa Ferrer. Así se los dijo al finalizar la reunión que tuvieron los cuatro en su sala de estar, frente a la legendaria pared de corcho. El Comisario se ha enfrentado a unos cuantos monstruos y de algún modo ha salido andando sobre sus propios pies. Es lo que pensaron o sintieron, en el mismo momento, Patty, Natalia y Gutiérrez. Todos estamos colgados de esa esperanza.

Por eso, aunque ya no tiene un periódico que la

respalde, Patty sigue intentando atar cabos. De tanto insistir, ya logró localizar a un hermano de Charly. El hombre vive en Guarenas o Guatire, nunca me acuerdo cuál es cuál. Trabaja como vigilante nocturno en una de esas empresas que hacen dinero a cuenta de los miedos ajenos, cuidando instalaciones vacías, negocios desprotegidos, gente aterrada. Parece que hace el turno de la noche en una fábrica de textiles y que durante el día trabaja, o más bien dormita me imagino yo, frente a una farmacia.

Patty se fue para allá hoy. No te sé decir si al final va a ser otro callejón sin salida o si va a resultar una pista válida. Lo que es verdad es que esta búsqueda me parece cada vez más inútil. Los veo a todos perseguir sombras y me veo a mí misma corriendo tras ellos. Una sombra detrás de sombras persiguiendo sombras. Parece más bien un tango. Y a veces me da por preguntarme si todo este misterio no será una manera de ponernos delante una zanahoria para que caminemos para allá, siempre para otro lado. Mientras en la vida real, en el lugar en el que de verdad se tuercen los destinos, los que tienen las riendas siguen haciendo lo que les da la gana.

¿Cómo saber? ¿Qué garantía tenemos de que no nos estamos equivocando? ¿Cómo medir hasta qué punto le estamos haciendo el juego a las fuerzas oscuras que al final terminan siempre logrando lo que quieren, que no es otra cosa que quedarse donde están? Gutiérrez piensa que ni siquiera con el tiempo lograremos desentrañar las verdades. Me lo dijo aquí mismo, sentado en esta mesa desde la que te escribo. No es que sea pesimista, me dijo. Su voz sonaba como la de un personaje de Paco Ignacio Taibo II. Es que la realidad es aplastante. Y si esa realidad tiene que ver con el poder, entonces tienes una sola opción de sobrevivir. Quitarte del medio.

Le discutí, claro. Más por costumbre que por convicción. Sentía una de esas rachas de optimismo que me asaltan a veces. Sobre todo cuando estoy delante de alguien que me restriega en la cara su desesperanza. Le dije que había que seguir luchando, que la justicia y la verdad eran las únicas causas por las que valía la pena arriesgarse. Y ¿sabes qué me dijo? Ese hombrón con cara de malo y pelo cortado al rape, que parece más un expresidiario que un policía ¿sabes qué me dijo? Me miró un segundo y bajando la vista me preguntó ¿y qué tal el amor?

No pude responderle nada. Por supuesto.

16

Te cuento los detalles después, pero el titular es éste: Gutiérrez encontró a Mariela. Nuestra Marisela ha sido salvada por el galán a medias de esta historia. Aquí debería intercalar esos emoticones de caritas que se usan tanto ahora. Pero como estamos hablando en serio, sólo imagínate que grito y hago aspavientos con los ojos y las manos mientras te cuento que la niña estaba nada menos que en la Torre David. Supongo que estás cansada de leer sobre ese lugar que es un monumento a la desidia nacional y, al mismo tiempo, la mejor representación del tipo de sociedad en la que nos hemos convertido.

No le creas a los que dicen que la están desocupando y que pronto la convertirán en el rascacielos más impresionante de la ciudad, en la torre financiera que se supone que debía haber sido desde el principio. No es cierto. Familias enteras siguen viviendo ahí. Los bares, los abastos y las peluquerías siguen funcionando adentro como si nada. El burdel del piso treinta todavía calienta los cuerpos de los visitantes. Nada ha cambiado. Tal vez porque los recovecos del rancho más alto del mundo son demasiado convenientes para entregarlos así nomás. La mejor prueba es que Mariela estuvo ahí por casi un mes y hasta ahora nadie había podido entrar a rescatarla. Ni siquiera la misma Mapanare.

La verdad es que al principio no se sabía dónde estaba. Desde que la niña desapareció del refugio en el que Luna la había dejado, pasaron un par de semanas de completa incertidumbre. Cuando se supo al fin que la habían secuestrado y que estaba viva, hubo que negociar por tres días con sus noches para que, finalmente, alguien pudiera ir a buscarla. Si algo como eso no sacude esta inercia empecinada en la que vivimos, no sé qué otra cosa podrá hacerlo. Pero déjame volver atrás para ver si puedo contarte aunque sea los detalles escuetos que conozco.

Creo que ya te había dicho que Ferrer le pidió ayuda a Gutiérrez en el caso de Mariela. Patty quería participar, pero la dejaron afuera, porque y que era muy peligroso, que ese era un asunto de profesionales, que la vida de la muchacha estaba en juego, esas cosas que los hombres dicen para que los dejen jugar a policías y ladrones sin intervenir. El contacto con los secuestradores se hizo a través de Ferrer quien, según Gutiérrez, mantuvo la calma y dirigió las conversaciones como un mago de la persuasión hasta lograr la entrega.

Nadie lo dice, pero supongo que en medio de todo hubo un pago en efectivo y Patricia está de acuerdo conmigo en que se hicieron incluso varias concesiones más. Como las declaraciones a los medios que dio Celia Salas sobre el caso de los ahogados, para anunciar que estaba policialmente resuelto y desviar la atención. Porque los periodistas se estaban acercando cada vez más a una revelación que implicaría a todo el gobierno. No tenemos pruebas, por supuesto. No las hay ni las habrá. Pero está claro que no se entrega a un secuestrado sin obtener nada a cambio.

El caso es que, llegados a este punto, en el que se acordó la entrega de la muchacha, la negociación se centró en el cuándo y el dónde. Al parecer, Doña Celia estaba tan impaciente que quería ir en persona a buscar a su sobrina y arrancársela de las manos a los mafiosos que la tenían secuestrada. Pero Ferrer hizo que prevaleciera la sensatez y logró que la mujer aceptara que Gutiérrez la fuera a buscar. Se supone que iba a ser una operación rápida y segura. Entrar y salir. Dejando el dinero acordado en algún lugar, deduzco yo.

Pero como en este país todo lo que puede salir mal sale mal, las cosas no resultaron tan simples como lo habían planeado. Para empezar, Gutiérrez tenía que subir al piso 35, primero en una moto, luego a pie, luego en otra moto. Supuestamente alguien lo estaba esperando en cada una de las etapas y lo que él tenía que hacer era presentarse, seguir instrucciones, entregar el rescate y bajar con la joven. Todo debía hacerse en un momento preciso del día. Y ahí comenzó el drama.

Porque durante la primera media hora no hubo manera de que dejaran entrar a Gutiérrez. No podía pasar de la puerta ¿lo puedes creer? Después de tanto planificar y negociar y cuadrar estrategias, pasos e instrucciones, todo estuvo a punto de caerse porque el par de porteros de turno no tenía idea de lo que estaba pasando y se negaban a dejar entrar a un sujeto que, claramente, no pertenecía al lugar y no tenía nada que hacer ahí.

Y aquí me voy a permitir una digresión. En esta ciudad tenemos internalizada la cultura del portero. Frente a toda reja, puerta o portón, hay siempre alguien asumiendo el papel de guardián. Y a uno no le queda otra que andar por la vida pidiendo permiso para entrar a todas partes. Como si navegar por la existencia no fuera otra cosa que pedir permiso, halagar a los guardianes de las puertas y humillarse ante ellos. En este caso, la alcabala pudo muy bien costarle la vida a esa muchacha. Por suerte o por milagro, cuando ya parecía que todo se iba a venir abajo, apareció el impepinable sujeto salvador. El que todo lo resuelve en el minuto final con una llamada o un gesto.

Gutiérrez dice que ya se había dado por vencido. Que había agotado todos sus argumentos, que había usado todas las estrategias que tenía en su arsenal persuasivo, que había ofrecido hasta un dinero que no estaba autorizado a gastar y sólo le quedaba el recurso de entrar a la brava, tal vez llevándose por delante a los dos empecinados porteros. Pero cuando estaba en esas, calculando los golpes y las patadas, los huesos que debía fracturar, oyó una voz que venía del fondo y que dijo, así como quien no quiere la cosa, está bien, déjenlo ya. Y listo. Como por arte de magia se resolvió el primer escollo.

Lo que vino después fue una carrera de más obstáculos y más demoras. Pero te ahorro la odisea de los treinta y tantos pisos para llegar al meollo del asunto. Cuando Gutiérrez logra finalmente estar frente a frente con Mariela, la niña está dopada, desmayada, medio dormida, medio inconsciente. No se sabe muy bien qué le dieron ni la razón del desvanecimiento, pero el punto es que no podía tenerse en pie, mucho menos caminar. Y los bandidos que acababan de entegarla le dijeron a su salvador que ahí la tenía y que se las arreglara para ver cómo la sacaba de ahí. Que ellos ya habían cumplido y que muchas gracias y hasta pronto. ¿Qué te parece?

Gutiérrez nos contó el drama a Patty y a mí. Sentado al otro lado de la barra de La Factoría, con la tercera botella de cerveza enfrente. Me parece que todavía lo estoy viendo. Pálido y tenso mientras revivía cada minuto, cada movimiento, cada gesto desesperado. Y ahora que te lo estoy contando es cuando termino de entender que nuestro policía es de verdad un tipo íntegro. Otro cualquiera hubiera dicho hasta aquí llego. Ya cumplí. La joven está viva y a salvo. Que se las arregle para salir cuando sea que se despierte o que salga de la voladora en la que anda metida. Pero él no. Él se empeñó en sacarla de la Torre contra viento y marea.

Primero, le prometió a un motorizado que si le prestaba la moto le pagaría lo que le pidiera. El hombre se negó a soltar su instrumento de trabajo, pero le propuso que se amorocharan los tres en el asiento y nombró una cantidad bastante alta, pagadera en un futuro cercano. Después convenció a una señora en el piso 15 que le preparara un café bien cargado, para ver si Mariela se medio espabilaba. Mientras esperaban le montó conversación a la señora y a una hija adolescente que lo miraba como quien ve un personaje de película. La jovencita tenía amores con otro motorizado, que los esperó cinco pisos más abajo y los llevó hasta la misma puerta por la que esa mañana a Gutiérrez le había costado tanto entrar.

Y así llegaron abajo. Magullados pero enteros. Más de tres horas después de haberse encontrado treinta y tantos pisos arriba. Dice Gutiérrez que cuando salieron a la calle recostó a Mariela contra un poste y se sentó en la acera a respirar hondo. Ahí los encontró la camioneta de los escoltas de Doña Celia y se los llevaron en volandas, pero de manera discreta, hasta la casa de La Mapanare.

Gutiérrez dice que nunca había estado en la Torre David, que sólo la había visto por fuera. Ni siquiera había visto las fotos y los videos que circulan en las redes mostrando todo lo que pasa ahí adentro. No se imaginaba lo que iba a encontrarse y la sorpresa hizo que le costara reaccionar. Pero como es un tipo acostumbrado a la idiosincracia del rebusque logró entender a tiempo cómo moverse. Aún así, tenía la sorpresa todavía pintada en la cara cuando nos contó la historia. No paraba de decir que ese era otro mundo. Otro mundo, decía. Una y otra vez, como un poseso. Casi podíamos ver cómo daban vueltas para siempre en su mente algunas tuercas y tornillos que ya no iban a funcionar nunca más como antes. Me acuerdo que después le comenté a Patty que si a un policía le quedaba todavía capacidad de asombro frente a las cosas que pasan en este país ¿qué podíamos esperar los simples mortales?

Patricia tuvo que jurar que no tocaría el tema en ningún reportaje ni en ningún libro futuro. Se lo juró primero a Ferrer y luego a Gutiérrez. Y después a la misma Doña Celia, quien la visitó expresamente para pedirle dos favores. Uno, que no divulgara nada de lo que sabía sobre el secuestro de Mariela. Dos, que dejara que su sobrina se quedara en su casa por unos días hasta que lograra sacarla del país. No me preguntes por qué le pidió semejante cosa, alguien que con seguridad puede encontrar, incluso sin buscarlos, cientos de otros lugares donde dejar a su sobrina en apuros. Lo cierto es que Patty dijo que sí, porque no puede decirle a nadie que no, y porque sigue viendo en ese contacto la posibilidad de futuras historias, noticias, entrevistas. El instinto periodístico pudo más que el de la supervivencia.

Si me hubiera tocado a mí me lo hubiera pensado bastante. ¿Quién sabe en qué vainas está metida esa niña? Se lo dije a Patty y ella me pidió que, por favor, pensara en quién era la víctima en este caso. La víctima es Toñito, le recordé. Y Charly. Y todos los demás. Esta historia empezó con una madre buscando a su hijo desaparecido, le dije, y esa jovencita ha estado vinculada de muchas maneras extrañas con este caso. Patty no quiso responderme, pero me miró con esa mirada suya que significa, *esperaba más de ti* o algo como eso. Me importa poco. Aquí entre nos, algo extraño pasa con la tal Mariela. Todo ese asunto del secuestro me parece de lo más raro. Es como un cuento mal contado, al que le falta algo. Una mesa de tres patas, muy mal balanceada. Eso es lo que pienso de esta historia.

17

Muerte en Ocumare del Tuy. Así debería titularse lo que te tengo que contar hoy. Pero la tragedia de lo que nos pasa va más allá de un título evocador de las muertes elegantes que imaginaba Agatha Christie, la dama inglesa del crimen. No hay nada que sea glamoroso en nuestras masacres. Ni el escenario, ni las circunstancias, ni los motivos, ni el fatal desenlace. Nunca hablamos de un solo muerto sino de docenas, de cientos. Jamás es un tiro sino ráfagas. Es como si la saña con la que nos matamos estuviera por encima de cualquier razón o medida. Porque el odio es lo que impulsa a quienes matan de esta manera despersonalizada y masiva.

Hay quienes insisten en que se trata de un odio de clases. Que los ricos odian a los pobres o al revés. Yo no veo cómo se puede argumentar un odio de clase en un caso como éste, en el que todos los varones adultos de una familia extendida fueron sacados de una fiesta y asesinados en la entrada de un edificio a la vista de sus hijos y sus mujeres. Aquí tengo la foto que circuló en las redes y que los medios tradicionales no han publicado por decencia, pero también por temor a la censura y a las multas. Ya te la estoy mandando, con mis más sinceras disculpas por echarte a perder la tarde con semejante imagen. Pero cómo te explico esta tragedia sin esa foto. Cómo te echo el cuento sin mostrarte la sangre salpicando las paredes y rodando por el suelo hasta el sumidero que está en el medio del patio.

Debajo de una de esas sábanas floreadas está el cuerpo del hermano de Charly, con el que Patricia había ido a conversar hace apenas unos días. Era una pista. La única que había logrado encontrar para resolver al menos una parte del misterio de los cuerpos tirados al Guaire. Logró hablar con el hombre. Se llamaba Vladimir y era un tipo desencantado, distante, retrechero. O eso le pareció a Patty a primera vista. Respondió muy pocas de las preguntas que nuestra amiga le hizo sobre su hermano. Dijo no saber en qué andaba ni qué hacía. Aseguró que se veían poco y que se habían peleado por cuestiones de dinero.

Patricia le cambió el tema y le preguntó por su trabajo, por la familia, por los hijos y el hombre se abrió un poco más. Le dijo que iba a ser abuelo dentro de un mes, cuando su hija mayor diera a luz su primer hijo. La niña no ha cumplido los dieciséis, pero no podemos asombrarnos por esas cosas en este país. Hablaron de los productos que no se consiguen, de las colas que hay que hacer para comprar hasta la harina para las arepas. Y por ahí se fue el hombre y se lanzó a hablar mal del gobierno. Dijo que él había creído en las promesas que le hicieron, pero que ya se había cansado de creer.

Un rato más tarde Patricia quiso volver al tema del hermano asesinado y el hombre se le volvió a poner brusco. Al final le dijo, mirando a los lados y bajando la voz, que Charly se había encontrado con lo que había ido a buscar. Nadie se enreda con gente de esa calaña y sale de eso bien parado, dice Patty que le dijo el hombre. Y si yo fuera usted, agregó apuntándola con un dedo tembloroso y manchado de nicotina, me olvidaría de esa historia y me dedicaría a otra cosa. Eso era lo que él estaba haciendo, dijo. Porque él quería vivir para ver nacer a todos sus nietos.

Ni una palabra más logró sacarle Patricia a Vladimir Ramírez. Pero esa advertencia hecha a media voz le confirmó lo que Gutiérrez siempre ha dicho y el Comisario Ferrer está comenzando a aceptar: que alguien que está muy en lo alto tiene algo que ver con esas muertes. Con esa convicción se regresó Patricia de Guatire y llegó animada y resuelta, planeando todo lo que iba a hacer para convencer a este único familiar de la última víctima de que le contara todo lo que sabía. Porque estaba segura de que Vladimir sabía mucho más de lo que había aceptado decirle hasta el momento.

Y resulta que esta mañana aparece en los medios la noticia de una masacre, ocurrida en lo que al gobierno le ha dado por llamar "zonas de paz", que no son otra cosa que espacios de los que se ha retirado toda forma de control policial y donde los delincuentes pueden hacer lo que se les antoje. Dicen que es un pacto que ha hecho el gobierno con los delincuentes, para que conviertan sus lugares de operación en centros donde reina el terror y la impunidad más absoluta. Porque donde hay pánico no se protesta, no se exige, no hay tiempo ni voluntad para querer cambiar las cosas. La máquina perfecta de aplastar descontentos.

Y en esa zona de paz, la paz es la de los sepulcros, amiga. Esos cuerpos que ves tirados sobre el cemento son los hermanos, los padres, los maridos de una gran familia que celebraba un cumpleaños o un bautizo. Se habían reunido a pasarla bien, como si vivieran en un país normal, donde la gente puede reunirse con los suyos un domingo cualquiera sin temer por su vida. Y en eso estaban cuando entraron los pacificadores del lugar y leyeron una lista y sacaron a los nombrados uno a uno y los ajusticiaron delante de todo el mundo y a pleno día. Dicen que los asesinos les gritaron a los que quedaron vivos que eso era para que siguieran protestando y hablando con la prensa.

No sé cómo se procesa un horror como éste. No sé poner en palabras este escalofrío, este vértigo. No sé cuándo ni cómo vamos a llegar al límite en el que el horror nos haga rebotar y podamos salir del pozo oscuro en el que estamos. Miro hacia afuera y hay luz. Un cielo azul intenso sin una sola nube cubre la ciudad. El Ávila espléndido se empeña en engañarme con la imagen del paraíso en la tierra. ¿Cómo es posible que convivan en un mismo lugar toda la oscuridad y tanta luz?

18

No me gusta empezar a contar un cuento con un yo te lo dije. Pero en este caso no me queda otra. Lo dije y lo repetí varias veces. La tal Mariela, la sobrina de Celia Salas, a quien ahora han nombrado ministra del poder popular para no sé qué cosa relacionada con las cárceles y los que llaman privados de libertad, terminó de sincerarse. Con un pie aquí y otro en el avión que se la llevó para Miami, la carajita terminó contando todo lo que sabía. Y ahora por fin nos hemos enterado de hasta qué punto alguien con cara de yo no fui puede manipular a toda la gente con buenas intenciones que hace hasta lo imposible por ayudarla.

Luna la encontró desvalida y la ayudó a esconderse. Patty le creyó cada palabra que le dijo y la alojó en su propia casa. Ferrer dedicó horas a negociar su libertad. La mismísima Mapanare se desveló por semanas tratando de salvarla. Gutiérrez arriesgó su vida por ella. Natalia inició un proceso para denunciar a sus captores. Todos se lanzaron de cabeza a darle una mano. ¿Y qué hace la niña con todo eso? Escupe en la solidaridad que le ofrecieron todos, confiesa que en realidad fue ella quien mató a Toñito y que no hubo tal secuestro, sino que ella misma se autosecuestró, porque necesitaba plata para irse por fin de este cochino país y mandar todo al carajo.

Así es, querida. Todo este drama resuelto en tres tristes líneas. Y nosotros que estuvimos tramando por semanas una historia enrevesada en la que crecía como la tinta en el agua una conspiración de proporciones incalculables, nosotros que sentíamos que un poderoso monstruo se cernía sobre nuestras vidas para aplastarnos, nosotros que sólo podíamos imaginar un crimen gigantesco llevado a cabo por grupos todopoderosos, nos encontramos de pronto con un mísero crimen privado. Lo que llaman un crimen pasional. Una mezquindad íntima. Un capricho de adolescente. ¿Cómo es posible?

La respuesta a esa pregunta es más simple de lo que parece. Pero la voy a dejar para después porque me urge, me urge tanto, como decía aquella vieja canción que hoy nos da vergüenza admitir que escuchábamos, contarte el final de esta historia que no puedo pensar en otra cosa. Y el final es éste: Patty acompañó a Mariela (que ha dejado de ser Marisela para siempre) al aeropuerto y en las tres horas y pico que estuvieron esperando para que la joven entrara a la zona de abordaje y se despidiera de esta tierra agotada de traiciones, le contó con lujo de detalles lo que a continuación te cuento de manera forzosamente escueta.

Mariela y Toñito habían sido noviecitos de bachillerato. Como todos esos noviazgos primerizos, el de ellos también terminó cuando los dos comenzaron a sentirse gente grande. Toñito estuvo un tiempo mariposeando por aquí y por allá. Se enredó con varias jovencitas sin comprometerse con ninguna. Incluso volvió una que otra vez a buscar a Mariela, quien cultivó la esperanza de que todo volviera a ser como antes, hasta que se encontró con la tal Carolina. Con la joven peluquera comenzó un romance en serio. Se habló de boda. La señora Peralta empezó a soñar con nietos. Y justo en ese momento, Toñito tuvo la típica recaída de los hombres que están a punto de comprometerse a largo plazo. Volvió a encontrarse con la vieja noviecita a la que una vez había imaginado que amaría para siempre.

Todo muy de telenovela, como puedes ver.

Entonces la Mariela, que estaba a punto de terminar su carrera en Educación, Mención Literatura, para más señas, se convenció de que esta vez el asunto iba en serio y se armó ella sola una historia en su cabecita terca. He dicho varias veces que es una niña, una adolescente. Por eso me dio por llamarla Marisela desde el principio. Pero no es cierto. Tiene en realidad veintitrés años, aunque reaccione como una carajita de quince. Está en una edad en la que todo el mundo debería ser ya un adulto. Pero no estos niños de hoy en día, que a los veinticinco no hay llegado todavía a comportarse como si tuvieran catorce. Vivimos entre niños eternos. Ese es nuestro mal mayor. Olvídate de la política, de las revoluciones de izquierda o de derecha. Lo que está destruyendo a este país es una inmadurez crónica, de la que no somos capaces de salir.

Del mismo modo como nos empeñamos en seguir pareciendo adolescentes cuando cumplimos veinticinco, nos afanamos en parecer de treinta cuando ya hemos pasado de largo por los cincuenta. Es un mal nacional. Por eso nos empeñamos en repetir la letanía de que somos un país joven, destinado a cometer todavía infinitos errores históricos antes de llegar a la plenitud de la madurez. Como si no fuera posible aprender de la experiencia ajena. Como si estuviéramos impedidos de conocer los errores de otros pueblos y hacer lo posible por evitarlos. No queremos admitir la respetable edad que en realidad tenemos. Queremos mirarnos para siempre en el espejo de Narciso y componer un gesto pueril que nos detenga en la inmadurez eterna. Y hacemos todo eso a plena conciencia. Esa es la desgracia.

Pero vuelvo al cuento y me dejo de arengas. Lo que tenía que pasar fatalmente pasó. Toñito le dijo a Mariela que no era con ella, que la elegida era la otra. Y aquí viene lo más sorprendente de todo el asunto. Estos jóvenes tenían un lugar de paseo en el que se sentían cómodos porque ahí nadie conocido podía verlos ni descubrirlos. Dado que, desde que terminaron su relación al salir del bachillerato su relación no existía oficialmente, tenían años acostumbrados a esconderse. Por eso se veían en lugares extraños. Uno de los cuales era el paseo que corre por el borde del río. Una especie de acera ancha comida por el monte a la que le dieron alguna vez el presuntuoso nombre de bulevar.

No sé si alguna vez llegaste a verlo. A la altura de Las Nalgas de Rómulo hay unas escaleras que bajan hasta el borde del río y desde ahí es posible caminar por la orilla, a lo largo de toda la Avenida Río de

Janeiro casi hasta llegar a Petare. Es uno de esos espacios urbanos que fueron pensados y ejecutados por gente que soñaba con una ciudad mejor, una ciudad futura tal vez, en la que el Guaire no sería una cloaca inmunda, las calles estarían iluminadas y limpias y nadie se atrevería a asaltarte en pleno día, por el sólo hecho de andar caminando por un lugar en el que no hay nadie más.

Es un pasaje que parece conectar dos mundos: el espacio utópico en el que nos hubiera gustado vivir y el lugar real y desencantado en el que de verdad vivimos. En una palabra: es un lugar que no existe. Un sitio que está ahí pero es invisible. Una caminería que no usa ningún caminante. Un corredor vial diseñado para bicicletas utópicas, patinetas fantásticas, coches de niñitos imaginados en un mundo paralelo, que existe antes o después o más allá, pero no ahora ni aquí. Sólo los grafiteros atrevidos y los drogadictos desesperados conocen su existencia.

Y algunos amantes anónimos, al parecer. Porque ahí se encontraban Toñito y Mariela, como si no hubiera otro lugar donde esconderse en esta ciudad llena de recovecos. Y ahí tuvieron su última pelea de novios clandestinos. Discutieron. Se lanzaron acusaciones mutuas. La pelea se caldeó peligrosamente hasta llegar a los manoteos y forcejeos. En un momento de cordura él quiso abrazarla para que se calmara. Ella lo empujó con todo el impulso de su furia de mujer rechazada. El joven cayó de espaldas. Su cabeza golpeó el filo del brocal. Y hasta ahí llegó Antonio Peralta, a quien llamaban cariñosamente Toñito.

Una muerte simple. Absurda en su simpleza. Nadie la planeó. No hubo armas de por medio, ni modus operandi, ni siquiera una apropiada escena del crimen. Porque un lugar que no existe no puede ser una escena del crimen. O, más bien, porque la escena del crimen fue la ciudad toda o el valle entero por el que corren las aguas inmundas del río Guaire. Porque después del empujón fatal la joven lloró, se desesperó, miró a los lados y no tuvo mejor idea que sumar dos más dos. Recordó los cuerpos de los jóvenes que habían estado sacando del río y decidió agregar uno más a la cuenta.

No le costó nada voltear el cuerpo y dejarlo caer suavemente por la pendiente de cemento del río embaulado. El cuerpo hizo apenas un ruido apagado de piedra al caer. Y las aguas marrones se lo tragaron al instante. Ella no se quedó a llorarlo. Regresó por donde habían venido y se subió a un autobús para volver a casa. Siguió su vida como si nada. Dispuesta a negar hasta la tumba que hubiera tenido algo que ver con la muerte del joven. Pero vivía con la culpa del que sabe que mientras esté cerca todo puede descubrirse. Entonces apareció Luna preguntando en los pasillos de la escuela si alguien conocía a un tal Antonio Peralta.

Y todo lo demás es historia, como se dice. En la primera entrevista que Patricia le hizo, la joven habló sobre los grupos armados. Ninguna de esas historias era mentira. Todas las había leído en la prensa o las había escuchado en el barrio, a los vecinos, a los amigos. Vivimos en medio de una matanza cotidiana y no cuesta nada creer que tal o cual grupo está vinculado con el último muerto. No hace falta ni siquiera usar la imaginación. Tenemos una especie de narración prefabricada, un mito compartido, que establece que aquí cualquiera puede ser víctima, pero también que cada uno de nosotros se puede volver un vengador errante, o involucrarse por propia voluntad o por accidente en un grupo dedicado a matar y a morir. Todos somos delincuentes, porque todos somos potencialmente víctimas.

Ese círculo cerrado parece marcar nuestra imaginación de una manera tan fuerte que introducir una historia falsa en medio de esa corriente es lo más fácil del mundo. En esa ola se montó Mariela y una vez ahí la cosa fue escalando hasta llegar a la idea del secuestro. La sobrina de Doña Celia Salas tenía un par de amigos que visitaban con frecuencia la Torre de David y tenían puerta franca. De ahí a pedirles entrada y a ofrecerles algo del rescate a cambio de ayuda sólo hubo una conversación rápida por teléfono y un par de mensajes de texto. El hecho mismo de incorporar la mítica torre a la historia fue, debo admitirlo, un golpe de genio.

El rescate en la torre construyó un capítulo heroico difícil de superar. Un momento culminante. La víctima salió reivindicada y fortalecida. Nadie iba a mirarla nunca más con un aire de sospecha. Y el peligro que la rodeaba era la excusa ideal para planear un viaje al exterior. Todo indicaba que éste sería el crimen perfecto. Hasta que a Doña Celia se le ocurrió poner a la muchacha a vivir con Patty en los días que tardaría en resolver todo lo del viaje. Como vivimos en el único lugar del mundo en el que uno necesita preparativos de viaje tan largos como el viaje mismo, los días se fueron acumulando.

Un día tras otro Patty se sentó a conversar con la muchacha, al principio tratando de manera genuina de entender cómo se sentía, de saber qué había pasado, de armar un relato coherente. Nuestra amiga ya estaba pensando en su libro, por supuesto, y cuando un periodista está en modo de cacería sólo es capaz de ver lo que le rodea como combustible de su hambre de historias. Preguntó y repreguntó. Tomó notas. Grabó un par de conversaciones. Revisó minuciosamente cada versión que la joven le daba y, por supuesto, empezó a notar las inconsistencias.

Pero como buena cazadora Patty pensó que tenía que dejarle a su presa la cuerda bien floja. No la confrontó. No le dijo tal día me dijiste una cosa y tal otro día me dijiste otra. Se siguió mostrando amable y solidaria con la muchacha. Le contó parte de su vida amorosa, como una estrategia para hacer que le hablara de sus propios amores. Tuvo incluso la sangre fría de usar el estado de ánimo que le causó la traición de Oliveros para enganchar a la muchacha en un maratón de confidencias. Le habló largo del modo como los hombres nos tiran y nos recogen como si fuéramos trastos viejos. Le contó detalles íntimos en una mezcla de sinceridad con oportunismo. Hasta que la joven empezó a soltar prenda.

Mariela le habló primero de las muchas veces que Toñito la dejó y de cómo la buscaba después para mandarla otra vez al carajo. Le habló de sus profundas depresiones, de su incapacidad de rehacer la vida hasta que Toñito reaparecía. Le contó sus planes y las ganas que tenía de tener hijos de una vez. Con él, por supuesto. Entonces Patty le soltó, como quien no quiere la cosa, muy por debajito, si no era con Carolina con quien Toñito estaba planeando casarse. Y ahí fue cuando Mariela se largó a hablar como una desaforada. Ya no habló de su amor de la vida, sino del odio a muerte que sentía por el hombre que la había traicionado.

Pero esta conversación, que sucedió en la alta madrugada, no llegó al punto de la confesión. El día y el sueño llegaron primero. Patty sabía que había algo más allí. Su instinto de reportera le decía que la historia no estaba completa. El día en que todo quedó listo y les tocó bajar a Maiquetía, Patty llevaba entre ceja y ceja la idea de que iba a hacer un último intento. Ya abajo, en la eterna e interminable cola del chequeo siguieron hablando. Patty era la que más hablaba, como si no estuviera interesada en lo que Mariela tuviera que contarle. Le habló de la tragedia de haber perdido su trabajo, de lo difícil que iba a ser poder conseguir algo fijo con la situación como estaba, de su esperanza de poder escribir un libro que se vendiera bien y la ayudara a salir adelante.

Ya con el tíquet de abordaje en la mano, Patty la invitó a comer algo, porque faltaban todavía más de dos horas para que saliera el vuelo. La muchacha estaba cada vez más callada y respondía a las pocas preguntas que Patty le hacía con una mezcla de prevención y preocupación. Hasta que llegó el momento de los postres y la joven pidió una cerveza junto con una torta de queso. Se la tomó en cuatro tragos largos y le dijo a Patty que quería regalarle algo, porque ella había sido una buena amiga. Incondicional, le dijo que había sido. Te voy a regalar un final para ese libro que te va a hacer saltar a la fama, dijo.

Y ahí fue que le contó la historia de la muerte a la orilla del río.

Me pregunto si Mariela habrá leído allá en Miami el reportaje que Patricia publicó en una revista online. Me hubiera gustado ver su cara cuando leyó que en el informe forense se dice que Toñito estaba vivo todavía cuando cayó al agua. Fue el único de los ahogados que de verdad se ahogó. Lo que hace que esta parte de la historia sea mucho más triste y cruel de lo que soy capaz de describir aquí, en estas líneas en las que trato al mismo tiempo de entender y de acusar. No se puede ser juez y parte. Pero el que cuenta juzga. Sin remedio.

19

Nunca sabremos lo que realmente pasó con los otros jóvenes que sacaron del río. Eso es lo que piensa Ferrer. Alguien necesitaba deshacerse de esos muchachos. Se habían vuelto por alguna razón una carga, un estorbo, y había que quitarlos del medio. También era necesario mandar un mensaje alto y claro. ¿A quién o a quiénes? Eso tampoco vamos a saberlo nunca. Según parece, alguien le dijo a Gutiérrez que había una mujer aterrada en no sé qué barrio del oeste diciendo por lo bajo que la habían amenazado si hablaba. Ofrecieron dinero, viviendas en el interior del país, becas para que los hijos estudiaran en alguna universidad controlada por el gobierno, pensiones para los viejos. Todo a cambio de enterrar bien hondo el asunto.

El Comisario Ferrer ha asomado la teoría de

que el gobierno quiere distanciarse de las bandas armadas, adecentarse. Piensa que a alguien con poca imaginación se le ocurrió la idea de resolver todo el asunto de manera expedita. Un certero escarmiento y todos los demás grupos entrarían por el aro. Tal vez sólo pensaron en uno o dos cuerpos ejemplares, encallados como náufragos de un tiempo más cruel al borde de la cloaca que atraviesa el valle. Es posible que esa imagen aterradora les haya cruzado la mente como una forma de advertencia inapelable.

Pero algo salió mal y los muertos siguieron apareciendo. Y los periódicos comenzaron a informar cada vez más sobre el tema y algunos periodistas empezaron a atar cabos. Entonces la advertencia se convirtió en un auténtico escándalo que había que callar a como diera lugar. Quién sabe qué otras vidas ha costado. Cómo saberlo. Patricia sigue pensando que va a encontrar ese hilo milagroso que la guíe a través del laberinto y la lleve a desentrañar el misterio. Porque así como por pura persistencia logró rastrear el paradero del hermano de Charly y le sacó a Mariela la confesión de cómo mató a Toñito, así piensa ella que es posible dar con la persona clave, en el momento preciso en que decida hablar. Es sólo cuestión de paciencia.

Gutiérrez le dice que pase la página, que hay

cosas de las que es mejor olvidarse. Lena quisiera saber la verdad. A fin de cuentas ella es la única de todos nosotros que tocó con sus propias manos esos cuerpos anónimos. Ella fue la que notó las coincidencias y dio la primera alarma. Y es ella la que sabe con mayor claridad lo que se siente cuando un cuerpo joven y saludable termina sin razón sobre una de las planchas metálicas y heladas de la morgue. La tristeza, la impotencia, la rabia simple y llana. Pero el trabajo la abruma y es poco probable que le dedique un tiempo que no le sobra a seguir rastreando pistas.

Tal vez sea eso lo que impulsa a Patty a seguir preguntando, indagando, atando cabos sueltos. Saber que en ella sola queda la responsabilidad de insistir, de no olvidar. Pero no creo que veamos resultados pronto. Tal vez algún día. Cuando este país sea otro, cuando veamos los penachos de humo cruzando la sabana y tengamos un pie en el futuro. Como dice Natalia, hay crímenes que no prescriben. Habrá que creerle. Pero yo no tengo ese temple optimista. A mí se me acaba rapidito la capacidad de mantenerme vigilante y perseverar. A menos que sea con las cosas de todos los días, las rutinas.

Me sigo levantando a las cuatro de la mañana. Llego al mercado a las cinco. Compro todo fresco y a buen precio. A las seis y media ya estoy en la cocina organizando la comida del día y el trajín no para hasta las once de la noche. Al día siguiente todo vuelve a empezar. El Enano ayuda, por supuesto. Pero el diablo está en los detalles, como se dice, y yo soy la encargada de cada uno de los detalles. Es decir que no tengo paz. Tal vez por eso echarte este cuento ha sido tan entretenido.

No me malinterpretes. Es un cuento horrible. Por nada del mundo hubiera querido que esto sucediera. Pero ya que pasó, ha sido una aventura inesperada sentarme a contártelo. Me ha encantado tener la oportunidad de mirar casi de lejos lo que pasaba y contar una historia en la que no he sido yo la protagonista. Pero no te creas que no me he preguntado más de una vez si no será, cómo decirlo, ¿preocupante? ¿enfermizo? que nos guste tanto hablar de las desgracias ajenas. No sé cómo responder a esa angustia. Lo cierto es que esta historia no ha resultado ser el cuento redondo y acabadito que pensé que sería. Te debo eso, amiga. Ese final neto, ese cierre en el que todo se aclara y la vida sigue por el buen camino, como debe ser.

Tal vez algún día podamos sentarnos frente a un café, en alguna plaza antigua allá en el viejo mundo, a contarnos el final feliz de esta historia.

20

Te debo las respuestas a todas las preguntas que me haces. Porque no las tengo. Sólo hay un punto que te puedo aclarar. Y la respuesta es no. No exhumaron los cuerpos de los primeros cinco cadáveres que encontraron en el Guaire. Porque en lugar de enterrarlos así nomás, los cremaron y sus cenizas están en una fosa común de la que no van a salir nunca más. Y en ese mismo hueco está enterrada una de las pocas esperanzas que le quedaban a Natalia de poder armar un caso decente. Sobre lo demás, no sé qué decirte, salvo que así es todo aquí: retazo sobre retazo. Vivimos en un mundo que ha estallado y apenas podemos juntar algunos pedacitos para seguir andando.

Te debo también un par de cuentos que me he tardado en contarte porque ya estoy saturada y quiero terminar de salir de una vez de esta historia. Uno de los cuentos tiene que ver con Lena y Gutiérrez. El otro con Celia Salas, la señora ministra a la que ya nadie llama nunca La Mapanare. Voy a empezar por el cuento más amable. Me preguntas si hay algo entre Lena y Gutiérrez. La respuesta corta es sí. No te puedo contar exactamente cómo empezó todo, porque ninguno de los dos ha soltado prenda sobre el origen y la antigüedad del asunto. De hecho, oficialmente, ellos ni salen ni se ven. Cuando se encuentran en público se saludan como dos conocidos y se sientan a una distancia prudente, como para que nadie se entere de que se sienten de lo más cómodos juntos.

Lo que sí te puedo decir es que en algún momento de sus ocupadísimas vidas hubo una pausa en la que coincidieron. Tal vez ella salía del trabajo y a él le faltaban un par de horas para entrar. Algo así debe haber pasado. Y en esa pausa se permitieron la entrega. Me gusta pensar que fue uno de esos momentos en los que el universo se detiene para dejar que dos almas eternas se encuentren otra vez, como lo han venido haciendo desde siempre. Ya sé que no crees en esas cosas. Y sabes bien que hay días en que yo tampoco me permito creer. Lo que llamamos alma no se puede ver ni tocar, ergo no existe, bla, bla, bla. Pero ¿qué somos sin estas ficciones que nos salvan del aquí y el ahora? Es verdad que estamos condenados a un solo cuerpo y a su destino mortal. Pero cada vez que dos cuerpos se encuentran y se entregan como si el mañana no existiera, ocurre un milagro. La eternidad.

Déjame imaginar que así fue entre ellos dos. Porque la historia entre Lena y Gutiérrez es tal vez lo único bonito que te puedo contar en este momento para borrar el mal sabor que nos deja todo lo que ha pasado. ¿Te he dicho que su nombre de pila es Gustavo? Sólo una vez he escuchado a alguien llamarlo por ese nombre. Se le salió a Lena un día en el que estábamos hablando de los recovecos del caso de los ahogados. Cuando lo dijo le pregunté de quién estaba hablando, aunque ya sabía la respuesta. Sólo para verla, por única vez en la vida, trastabillar y mirar a todos lados como pidiendo ayuda o consuelo.

Después se recompuso y siguió hablando como si nada. Pero yo lo vi. Vi en sus ojos y en sus gestos azorados esa cosa que se te mete en el torrente sanguíneo cuando alguien te llega a la médula. No he podido acercarme otra vez a ese punto con ella. Nunca me ha dicho nada más. Fue Gutiérrez el que me contó a medias sus encuentros y desencuentros con esa mujer de hierro de la que tan poco sabemos.

Estábamos tomándonos un trago aquí en la barra. Ya no me acuerdo en qué momento exacto de esta intriga, pero creo recordar que fue después del episodio de Lena con Méndez Gabaldón. Todos habíamos entrado en pánico y sentíamos que algo terrible podía sucederle a cualquiera de nosotros. Yo le confesé mi terror. Él me dijo que se había tenido que acostumbrar a vivir con ese miedo encima. El miedo de no volver nunca más a casa lo asaltaba sin falta todas las mañanas. Entonces me dijo que Lena también vivía con esa angustia. Pero de otra manera. Ella tiene ya todo previsto, me dijo. Sabe qué órganos quiere donar, dónde la van a cremar y en qué parque quiere que entierren sus cenizas. También sabe qué árbol va a pedir que siembren sobre sus restos. Hizo una pausa, sintiendo que había hablado de más. Pero ya era demasiado tarde y decidió terminar de decirlo. Un araguaney, dijo. Como si confesara un pecado.

Por supuesto que le pregunté cómo sabía todos esos detalles, que ninguna de nosotras conocía. Ella se lo había contado todo en uno de sus momentos de intimidad. No me lo dijo así, por supuesto. No me acuerdo de las palabras exactas que usó, pero sé que me contó que al principio las cosas habían sido difíciles. Arrancaron como en falso, como si fuera algo casual que no iba a durar. Estuvieron juntos por un tiempo y después se dejaron de ver. Pero a raíz de todo este drama volvieron a juntarse.

No hay nada como un amor frustrado para mostrarnos los límites a los que somos capaces de llegar. Nos ha pasado a todos, ¿no? Basta con que alguien nos diga que no, para que nos empeñemos en insistir. Y llega un punto, sin falta, en el que ya no nos reconocemos. Pedimos, rogamos, hacemos promesas imposibles, renunciamos a lo más sagrado. Creo que Gutiérrez pasó por todas las etapas de ese proceso con Lena. Después de mucho ir y venir, de todas las excusas que ella debe haberle dado, de las miles de razones que él debe haber esgrimido, lo que él sentía por ella seguía intacto. Entonces Lena decidió dejarse querer.

Por eso el pánico de Gutiérrez se ha renovado. Porque ahora lo está sintiendo por partida doble. No sólo se pregunta cada mañana si tendrá la suerte de llegar vivo al final del día, sino que además cada vez que se despide de Lena se atormenta pensando que tal vez no vuelva a verla. Y aún así, me dijo, esto es lo mejor que le ha pasado en la vida.

No sé nada más. No he querido preguntarle a Lena. Siento que no tengo derecho. No somos exactamente íntimas amigas. Como sabes, fue Natalia la que trajo a Lena a comer aquí. Eran los días en que estábamos aturdidas y golpeadas por la muerte de Carla. Tú ya te habías despedido para siempre y nosotros nos habíamos quedado sin respuestas. Desamparados. Tu hermana era uno de esos seres dotados con la virtud de la esperanza. Y cuando nos la quitaron perdimos una luz. Lo mismo pasó veinte años atrás, cuando nos mataron a Guillermo. Pero estaba hablando de Lena. Patty y yo la aceptamos como si hubiera estado con nosotras desde siempre. Pero cuando se trata de compartir las cosas más personales, nunca hablamos delante de ella. Y ella no nos busca para contarnos lo que le pasa. Tal vez es la edad. A veces una diferencia de diez años pesa mucho.

No sé. Estoy diciendo tonterías. Hace rato que dejamos de ser adolescentes. Uno no anda por ahí contando intimidades como si estuviera en un reality show. Lena tiene su vida y la vive a su manera. No necesita público ni a nadie que le diga si lo que está haciendo está bien o está mal. Su historia con Gutiérrez es cosa de ella. Pero en medio del horror en el que estamos resulta un consuelo saber que alguien, sin hacerle daño a nadie, se deja llevar por un sentimiento que le sale de lo más hondo (llámalo amor, si quieres) y deja entrar en su vida algo parecido a la felicidad.

No creo que haya una bendición mayor.

21

Te estarás preguntando cómo reaccionó Doña Celia cuando se enteró de la travesura de su sobrina. Para empezar no le pareció ninguna gracia, sino una franca traición. Y este es tal vez uno de los pocos episodios que te puedo contar de primera mano, en una historia llena de cuentos que otros me han contado. Porque la misma Mapanare en persona vino a conversar conmigo dos días después de que comenzara a circular en las redes el reportaje de Patty sobre el secuestro.

En el reportaje no se mencionaban nombres reales, aparte del de Antonio Peralta, porque Patty quiso mantener parcialmente la promesa que había hecho de no hablar del asunto. Negoció con cada uno de los interesados, texto en mano, para que la dejaran publicarlo. Su razonamiento tenía que ver con cierta ética, aunque fuera parcial. Era importante dar a conocer la verdad, por lo menos para que no quedara en pie nada más la versión oficial. Pero también tenía que ver con su supervivencia. Patty logró que le levantaran la prohibición de hablar del caso a punta de explicar que se iba a morir de hambre si no conseguía otro trabajo y no iba a conseguir otro trabajo si no producía un texto llamativo, importante, sustancioso. Así que el reportaje sólo se dio a conocer después del visto bueno de la señora Peralta, Ferrer, Gutiérrez y la misma Celia Salas.

Hace tres días un hombre malencarado entró a La Factoría mirando los rincones como quien le busca las cinco patas al gato. Todos nos pusimos en estado de alerta. Entraron después otros tres guardaespaldas. Personal de inteligencia o de seguridad. Como sea que se llamen. Pensamos que algún funcionario pesado vendría a comer, pero no nos imaginamos que sería la mismísima Celia Salas. Entró con cara de piedra, pero al verme me abrió los brazos y me saludó como si nos conociéramos de toda la vida. Es bastante probable que sepa que soy amiga de Patty, de Lena y de Natalia. Es posible que conozca los tratos que mantenemos con Gutiérrez. Quién sabe. La Factoría puede estar vigilada las 24 horas sin que nos hayamos enterado.

El caso es que la mujer comió sola, escoltada por sus perros guardianes. A la hora de los postres y el café me acerqué a saludarla con la excusa de preguntarle qué le había parecido la sopa de pepino y el asado negro con zanahorias dulces que se había comido. Le pedí a Hipólito un café para acompañarla y la dejé hablar, tratando de que no se notara que conocía bastante bien la historia de su sobrina. Comenzó dando un largo rodeo alrededor del tema de la lealtad y los afectos. Parecía estar poniendo bajo la lupa toda su experiencia de vida, sus relaciones con la gente, sus errores de intuición. Esas revisiones que uno hace cuando un golpe duro genera una duda retrospectiva que parece remontarse hasta la médula de lo que somos.

He aprendido a confiar en la gente en la misma medida en que he aprendido a dudar de todo el mundo, me dijo con una media sonrisa que revelaba todo su desencanto. En algunos momentos sentí que no estaba hablando solamente de su vida personal, sino también de su experiencia política dentro y fuera del gobierno. Cuando uno se entrega a una causa o a una persona, me dijo, lo último que uno tiene en la mente es la posibilidad de una traición. La deslealtad es el peor de los pecados.

Después de varias frases de ese tipo comenzó

a describirme su relación con aquella sobrina malagradecida que la había puesto entre la espada y la pared sin medir las consecuencias. Me explicó que toda su carrera política hubiera podido derrumbarse en un instante. Cuando comenzó a agradecerme por lo que habíamos hecho por ella entendí que sabía que Patty, Lena, Gutiérrez y Ferrer habían trabajado en el caso como un equipo y que yo había participado de algún modo en todo el asunto. Entonces sentí que era el momento ideal para hacerle algunas preguntas. Traté de no ser demasiado brusca, pero necesitaba saber por qué había dado aquellas declaraciones en el programa de Oliveros. Ese era un tema que me daba vueltas en la cabeza una y otra vez.

Me miró desde una honda tristeza y me dijo que cuando alguien te traiciona, el resto de la jauría viene atrás. Cuando tienes algo de poder, siempre hay alguien esperando que te muestres vulnerable, que tropieces, que aparezca una mínima grieta en la superficie. Entonces entran por ahí con todas las armas que tienen y tratan de destruirte. Hizo una pausa para mirar el fondo vacío de la taza de café y me pidió algo más fuerte. Cuando Hipólito nos trajo la botella de 18 años siguió hablando como abandonada a un destino inevitable.

Yo no sabía que tenía tantos enemigos, me

dijo. Pero este episodio le enseñó que tenía que cuidarse mucho más de lo que pensaba. No sólo de los enemigos declarados de la oposición. De esos siempre se había cuidado. La sorpresa había sido que quienes la empujaron hasta casi hacerla caer fueron sus supuestos amigos y partidarios de la misma causa. Los que están más cerca son los que te producen las heridas más hondas, me dijo. Y fue uno de esos antiguos compañeros el que contrató a algún sicario para que la llamara a nombre de los supuestos secuestradores de su sobrina para darle instrucciones sobre lo que debía hacer.

Esto sucedió al mismo tiempo que Ferrer y Gutiérrez trataban de dar con la muchacha y negociar que la soltaran. Pero nadie sabía en ese momento quién la había secuestrado ni cómo ni para qué. Así que La Mapanare cumplió con su parte del trato al pie de la letra. Se presentó en el programa de Oliveros y anunció que el caso de los muertos del Guaire estaba resuelto y que en pocos días los responsables serían detenidos. Pero al mismo tiempo, para dejar el asunto en un limbo de ambigüedades, logró que Oliveros entrevistara también a algunos funcionarios que tratarían de desmentir el argumento de que se trataba de un mismo caso. Por eso el programa terminó ofreciendo una visión contradictoria en la que, al mismo tiempo, se anunciaba que los responsables serían detenidos y que no se trataba de un asesinato en serie.

Le pregunté si pensaba que Oliveros sabía que ella estaba en su programa porque alguien la había obligado a declarar. Me miró largo antes de responder. Parecía medir qué tanto podía revelarme. Al final decidió que había llegado a un límite y sólo me dijo que no tenía idea. Pero yo creí reconocer en el tono de su voz una duda, una sospecha, que apuntaba directamente a nuestro querido Oliveros. No te lo puedo jurar. Es sólo una intuición. Pero si hubieras estado ahí, estoy segura de que hubieras sentido lo mismo.

Tampoco logré que me dijera si sabía quién se había aprovechado del secuestro para obligarla a dar esas declaraciones. Pero sí logré que me explicara por qué, entre las muchas cosas que hubieran podido pedirle, ese caso en particular era tan importante. Esto es lo que me dijo, resumido y versionado por esta tu narradora favorita. Resulta que dentro del gobierno no hay sólo dos bandos enfrentados, sino que eso es un nido de víboras que no se entiende y cada quien está jalando para su lado, porque los recursos están cada vez más escasos y porque saben que el tiempo se les termina.

En ese río revuelto, el quítate tú es el pan de cada día. Pero como todos tienen algún rabo de paja, la mejor defensa es siempre el ataque. Y quien está detrás de los muertos del Guaire necesitaba matar dos pájaros de un tiro. Demostrar, por un lado, que podía poner a la misma Celia Salas a cantar al ritmo que se le antojara y, por otro, desviar la atención de los medios, es decir del país entero, del tema cada vez más visible de los ahogados y del vínculo de esos jóvenes con los famosos colectivos armados.

Pero con la aparición y rescate de la sobrina la suerte se inclinó a favor de La Mapanare quien se dedicó en cuerpo y alma a descubrir quién la había traicionado. No soltó prenda ni dijo nombres. Pero me dio una pista que creo que no resulta demasiado difícil de seguir. Ha habido dos muertes accidentales en la última semana. Arreglar un accidente es lo más fácil del mundo, terminó de decir sonriendo de oreja a oreja. Después, con la cartera ya en el hombro y los guardaespaldas preparados para salir, me dijo que por ahora había logrado mantenerse a flote. Ahora ya no trabajo detrás de bastidores, dijo. Quien quiera venir por mí va a tener que lidiar también con toda la parafernalia del cargo que ahora tengo.

Le hizo una seña a sus guardianes y todos salieron con aspavientos de urgencia. Dos motorizados escoltaron la camioneta de vidrios ahumados en la que se montó la ministra. Antes de arrancar bajó el vidrio y me dijo que estábamos a mano. Ya no me debes nada, cocinera, me dijo. Su voz sonó casi alegre. Pero en su cara había una tristeza tan parecida a la desilusión que daba pena. Yo le hice un gesto con la mano desde la puerta. Sentía que me estaba despidiendo de una idea, más que de una persona. Me da la impresión de que eso será lo más cerca que voy a estar del poder por el resto de mi existencia.

Tengo que confesarte que estar en presencia de una mujer como esa es al mismo tiempo fascinante y aterrador. Su capacidad de arrastrar voluntades ajenas es tan fuerte que incluso cuando sabes a quién tienes delante, cuando conoces de lo que es capaz, no puedes evitar sentir admiración y someterte a un sentimiento de inferioridad que te hace renunciar a tu propia razón. Estoy tratando de explicarte algo que sé que es inexplicable, que sólo se puede sentir, experimentar literalmente en carne propia. Porque ninguna atracción física se puede explicar. Es una fuerza que te arrastra y ante la cual la razón se queda corta, ciega y muda.

Ese sentimiento es el que me ha estado persiguiendo en estos días como un mal sueño, como una pesadilla que regresa en el día, cuando menos la espero. Es una certeza que me da pena: haber descubierto ahora, a raíz de todo este horror, que yo también puedo sentirme subyugada por el poder, atrapada por una fuerza que es superior a mí. En una palabra, amiga, acabo de entender por qué la gente sigue a ciegas a un líder carismático. Ya no puedo decir, con la mano en el corazón, que sólo las masas desposeídas necesitan y buscan un líder que los lleve a tocar el cielo con la mano. Porque yo también he estado en presencia de esa fuerza y no he podido resistirla.

El horror, el horror. ¿No es así como termina una novela muy famosa?

22

Te dejé también el cabo suelto del Comisario Ferrer. Como hemos hablado de él tantísimas veces, no me doy cuenta de que su participación en todo este enredo ha terminado pasando por debajo de la mesa. Sabes bien que Ferrer es un tipo que aparece y desaparece. No en el sentido en el que lo hace Luna, que se borra de la faz de la tierra sólo para practicar una de sus tácticas paranoicas de supervivencia. No. Ferrer vive en la vieja casa de Las Delicias que heredó de una tía. Y quien quiera irlo a buscar, allá lo va a encontrar sin falta.

Su manera de desaparecer tiene más que ver con la discreción. Una vez que ha logrado su objetivo, que ha salvado a la víctima en cuestión o resuelto el misterio que estaba en pie, se retira y deja que otros se lleven los laureles. No le interesa que nadie sepa que él estuvo detrás de bastidores moviendo los hilos. Al contrario. Mientras menos se sepa que estuvo ahí, mejor para él. Y tengo la impresión de que la visibilidad que tuvo este caso en la prensa no le gustó nada. Tampoco debe haberle gustado que parte del caso haya quedado sin resolverse.

Mientras te escribo Ferrer debe estar desmontando de su pared de corcho las fotos y los documentos que se fueron desplegando a medida que los dos casos avanzaban. Meterá en una caja pequeña los papeles que se refieren a la muerte de Toñito y al secuestro de Mariela. La sellará y la guardará en el cuarto en el que conserva los archivos de los casos resueltos. Pero los documentos de los cadáveres del Guaire, todos y cada uno de ellos, van a ir a parar al cuarto de los cangrejos, de los casos sin respuesta.

¿Qué puede ser más frustrante para un policía honesto que no poder resolver un acertijo? Por eso Ferrer mantiene esos archivos abiertos. No sella las cajas, no pone una fecha final en la etiqueta que encabeza los expedientes, hasta que el caso de verdad se cierra. Patricia dice que es toda una experiencia entrar en ese cuarto en el que el Comisario se encierra a veces por días a mirar de frente sus propios fracasos. Los estantes ocupan las cuatro paredes y están llenos de cajas y carpetas desde el piso hasta el techo. Esa es la imagen más clara del callejón sin salida que es tratar de hacer justicia en un país como éste.

Patty dice que, para Ferrer, el trabajo es siempre reivindicar a las víctimas porque las víctimas son las que siempre salen perdiendo. El Comisario no cree en inocencias. Su aproximación al crimen es muy simple: sin importar si son culpables o inocentes en otros escenarios, hay gente que termina en un momento dado del lado de las víctimas. Es a esos a los que hay que ayudar. A veces esa ayuda toma la forma de un rescate, a veces se trata del descubrimiento de la relación entre una causa y un efecto o de la revelación de un culpable. Y más veces de las que quisiera, lo único que Ferrer puede hacer es prometer que no abandonará el caso, que pase lo que pase seguirá pensando, escudriñando, dándole vueltas a las pistas y a los datos hasta dar con un nuevo indicio.

Si hay suerte, eso puede implicar que uno de los muchos casos estancados pase finalmente al cuarto de al lado, en una caja sellada y con fecha de inicio y cierre. Pero no tengo que decirte que en el cuarto en el que se guardan los casos cerrados sobran los estantes vacíos. Yo no he estado ahí nunca. Sólo una vez acompañé a Patty a la casa del Comisario y no pasamos de la sala donde está la pared de corcho. Es uno de esos lugares atiborrados de objetos inverosímiles que parecen salidos del escenario de una película.

Y ahí está la razón por la que tengo tan poco que contarte de Ferrer y sus andanzas. Porque no tengo con él ningún contacto directo. Lo que sé me lo cuenta Patty o lo escucho en medio de una conversación en la que se está hablando de otra cosa. Nunca ha venido a La Factoría y la única vez que fui a su casa me toleró como se hace con los novios fastidiosos de los hijos adolescentes, sabiendo que es una molestia que no va a durar. Y además Patricia por fin se fue de Caracas. Cuando publicó el reportaje sobre la muerte de Toñito le llovieron, casi en partes iguales, ofertas y amenazas. Un par de esas ofertas venía de afuera. Así que en este momento está frente al mar, tratando de decidir qué va a hacer con su vida ahora que se le ha abierto el horizonte de par en par.

Pero todo eso ya tú lo sabes, así que vuelvo al cuento de Ferrer. Esto es lo último que me contó Patty antes de irse a su retiro espiritual. Una tarde, después del rescate de Mariela, un personaje que ya conocemos tocó a la puerta desvencijada de la casa del Comisario. Le abrió Sofía, la mujer de los tequeños fabulosos, y el hombre entró sin siquiera pedir permiso. Se plantó en la sala en la que Ferrer leía desprendido del mundo. Ferrer reconoció la figura y el gesto imperativo del esbirro con sólo mirarlo un segundo.

Así que este era el día en que íbamos a encontrarnos otra vez, dice Sofía que dijo el Comisario. Todo esto se lo contó después a Patty. No escuchó mucho más, porque Ferrer pidió café y ordenó que los dejara solos. Pero antes de cerrar la puerta escuchó el nombre del visitante, porque Ferrer lo repitió un par de veces como si necesitara convencerse a sí mismo de que era ese y no otro el personaje que tenía enfrente. Supongo que ya te imaginas que se trata de Méndez Gabaldón.

Nadie sabe qué relación tienen esos dos, en qué momentos de la vida se han cruzado sus destinos, qué deudas se tienen. Sólo se puede especular, porque los dos han entrado y salido de las mismas organizaciones policiales por un largo tiempo. Lo que sí parece seguro es que no es casual que el encuentro se haya dado justamente ahora. Gutiérrez dice que alguien necesitaba hacerle llegar al Comisario un mensaje y que utilizar al esbirro legendario como mensajero es la manera más efectiva de garantizar que el mensaje sea escuchado. Si eso es verdad, es posible que nuestro Comisario entre otra vez en uno de esos períodos muertos en los que no quiere saber nada de nada y se ensimisma y se retira de la lucha por un tiempo.

Pero Natalia dice que si eso sucede no será nada más que una táctica. Las amenazas y las represalias sólo funcionan con Ferrer por un rato. Cuando regresa de esos silencios, de esos retiros forzados, vuelve con más bríos y cortando cabezas. Tal vez la próxima cabeza que caiga sea la del mismísimo Méndez Gabaldón. Pero, como te dije antes, no puedo prometerte nada. Esta historia no tiene un final feliz. Es una historia que en vez de terminar se desdibuja, se disuelve. Igual que este país, lo que te cuento no es más que un estallido.

23

Por qué será tan difícil soltar una historia, dejarla ir, poner el punto final y decirle adiós para siempre. Debe ser porque nos gusta volver a contar las mismas cosas una y otra vez. Seguro a ti te pasa lo mismo. En mitad de una historia, que estás contando con todo el entusiasmo de la primera vez, de pronto te das cuenta de que la persona que te está escuchando está pensando en otra cosa, porque ya te escuchó contar ese mismo cuento. Con menos detalles tal vez, un poco menos exagerado que ahora. Pero el mismísimo cuento. Entonces es cuando decides poner el punto final. Por pura vergüenza.

Tal vez sea el momento de dejar ir también esta historia. Para no repetirla una y otra vez. Cuando te vuelva a escribir te hablaré de otra cosa. Comentaremos tus viajes y tu trabajo, las ferias de libros a las que vas este verano, los festivales de teatro, los cines al aire libre. Cualquier cosa que nos haga olvidar este espanto. Y cuando recaiga y quiera volver a echarte el cuento de los ahogados del Guaire, mándame a callar. Ciérrame el pico. Recuérdame que te he contado antes esta historia y que ya no quieres escucharla otra vez.

Colección Cangrejo

Otros títulos de esta colección:

www. sudaquia.net

www.ingramcontent.com/pod-product-compliance
Lightning Source LLC
Chambersburg PA
CBHW022328020726
47493CB00020B/1264